COLLECTION FOLIO

Jonathan

Jonathan

Sempé-Goscinny

Le Petit Nicolas, c'est Noël !

IMAV éditions

Jean-Jacques Sempé est né à Bordeaux le 17 août 1932. Élève très indiscipliné, il est renvoyé de son collège et commence à travailler à dix-sept ans. Après avoir été l'assistant malchanceux d'un courtier en vins et s'être engagé dans l'armée, il se lance à dix-neuf ans dans le dessin humoristique. Ses débuts sont difficiles, mais Sempé travaille comme un forcené. Il collabore à de nombreux magazines : *Paris Match, L'Express*...

En 1959, il « met au monde » la série des Petit Nicolas avec son ami René Goscinny. Sempé vit à Paris (rêvant de campagne) et à la campagne (rêvant de Paris). Il a, depuis, publié une quarantaine d'albums parus aux Éditions Denoël. En 2009, paraît *Sempé à New York*, recueil d'une centaine de couvertures du *New Yorker* dont Sempé est collaborateur depuis 1978.

Dans la collection Folio Junior, il est l'auteur de *Marcellin Caillou* (1997) et de *Raoul Taburin* (1998) ; il a également illustré *Catherine Certitude* de Patrick Modiano (1998) et *L'histoire de Monsieur Sommer* de Patrick Süskind (1998).

René Goscinny est né à Paris en 1926 mais il passe son enfance en Argentine. « J'étais en classe un véritable guignol. Comme j'étais aussi plutôt bon élève, on ne me renvoyait pas. » Après une brillante scolarité au collège français de Buenos Aires, c'est à New York qu'il commence sa carrière au côté d'Harvey Kurtzman, fondateur de *Mad*. De retour en France dans les années cinquante, il collectionne les succès. Avec Sempé, il imagine le Petit Nicolas, inventant pour lui un langage et un univers qui feront la notoriété du désormais célèbre écolier. Puis Goscinny crée Astérix avec Uderzo. Le triomphe du petit Gaulois sera phénoménal. Auteur prolifique, il est également le créateur de Lucky Luke avec Morris, d'Iznogoud avec Tabary, des *Dingodossiers* avec Gotlib… À la tête du légendaire magazine *Pilote*, il révolutionne la bande dessinée. Humoriste de génie, c'est avec *Le Petit Nicolas* que Goscinny donne toute la mesure de son talent d'écrivain. C'est peut-être pour cela qu'il dira : « J'ai une tendresse toute particulière pour ce personnage. » René Goscinny est mort le 5 novembre 1977, à cinquante et un ans. Il est aujourd'hui l'un des écrivains les plus lus au monde.

Cher Père Noël

Comme chaque année depuis que je sais écrire, et ça fait un drôle de tas d'années, j'ai dit à papa et à maman que j'allais vous envoyer une lettre pour vous demander des cadeaux pour Noël.

Là où j'ai été embêté, c'est quand papa m'a pris contre ses genoux et qu'il m'a expliqué que vous n'étiez pas très riche cette année, surtout après le coup auquel vous ne vous attendiez pas : l'argent que vous avez dû payer pour arranger votre traîneau, quand l'autre imbécile est venu de droite avec son traîneau à lui, mais même s'il y avait des témoins, ce n'est pas vrai ce qu'a dit la compagnie d'assurances, et vous étiez déjà engagé. La même chose est arrivée à mon papa avec son auto la semaine dernière, et papa n'a pas été content du tout.

Et puis, papa m'a dit que je devais être généreux et chouette, et qu'au lieu de demander des cadeaux pour moi, je devrais vous demander des cadeaux pour tous ceux que j'aime bien et pour mes copains. Moi, j'ai dit que tant pis, d'accord, alors maman m'a embrassé, elle m'a dit que j'étais son grand garçon à elle, et qu'elle était sûre que malgré le coup du traîneau, il vous restait peut-être assez de sous pour ne pas m'oublier tout à fait. Elle est un peu chouette, ma maman.

Donc pour moi, je ne vous demande rien.

Pour mon papa et pour ma maman, ce qui serait bien, c'est que vous leur donniez une petite auto dans laquelle je peux me mettre dedans, et qui marche toute seule, sans qu'on ait besoin de pédaler et qui a des phares qui s'allument, comme ceux de l'auto de papa, avant l'accident. L'auto, je l'ai vue dans la vitrine du magasin qui est un peu plus loin que l'école. Si vous donniez cette auto à mon papa et à ma maman, ce serait très bien, parce que je jouerais tout le temps dans le jardin, c'est promis, et je ne ferais plus enrager maman, qui n'aime pas que je sois tout le temps à courir dans la maison et à faire des bêtises dans la cuisine. Et puis, papa, il pourrait lire tranquillement son journal, parce que quand je joue à la balle dans le salon, il se fâche et il demande qu'est-ce qu'il a bien pu faire pour mériter ça, et que quand il a passé une journée au bureau, il aimerait être un peu tranquille à la maison.

Si vous leur donnez la petite auto, à mon papa et à maman, achetez celle qui est rouge, s'il vous plaît. Il y en a une bleue aussi, mais je crois qu'ils aimeront mieux la rouge.

Pour la maîtresse, qui est si gentille et si jolie quand nous ne faisons pas trop les guignols, j'aimerais avoir la réponse de tous les problèmes d'arithmétique de l'année. Je sais qu'à la maîtresse, ça lui fait toujours beaucoup de peine de nous mettre des mauvaises notes. « Tu sais, Nicolas, elle me

Rufus
Alceste

dit souvent, ça ne me fait pas plaisir de te mettre un zéro. Je sais que tu peux mieux faire. » Alors, si j'avais la réponse de tous les problèmes d'arithmétique, ça serait très chouette, parce que la maîtresse me mettrait des tas de bonnes notes, et elle serait contente comme tout. Et moi, s'il y a une chose que j'aime bien, c'est faire plaisir à ma maîtresse ; et puis aussi, Agnan, qui est un chouchou, il ne serait plus tout le temps le premier de la classe, et ça serait bien fait pour lui, parce qu'il nous embête, c'est vrai, quoi, à la fin.

Geoffroy, un copain, il a un papa très riche qui lui achète tout ce qu'il veut, et il vient de lui acheter un costume de mousquetaire terrible, avec une épée, tchaf, tchaf, un chapeau avec une plume, et tout. Mais il est tout seul à avoir un costume de mousquetaire, alors, quand il joue avec nous, Geoffroy, ce n'est pas drôle, surtout pour le coup des épées ; nous on prend des règles, mais ce n'est pas la même chose. Alors, si j'avais aussi un costume de mousquetaire, Geoffroy, il serait content, parce qu'il pourrait vraiment jouer avec moi, tchaf, tchaf, et les autres, avec leurs règles, on pourrait les prendre tous et les vainqueurs ce serait toujours nous.

Pour Alceste, un autre copain, c'est facile ; Alceste aime beaucoup manger, alors, si je pouvais avoir des tas de sous, je l'inviterais tous les jours à la sortie de l'école dans la pâtisserie pour manger des petits pains au chocolat, que nous aimons beaucoup. Alceste aime bien la charcuterie aussi, mais c'est des petits pains au chocolat qu'il aura, parce que après tout, c'est moi qui paie, et si ça ne lui plaît pas, il n'a qu'à aller se l'acheter lui-même sa charcuterie. Sans blague !

Joachim, il aime beaucoup jouer aux billes. Et il faut dire qu'il joue très bien ; quand il tire, bing ! Il ne rate presque jamais. Alors nous, bien sûr, on ne veut plus jouer avec lui, parce que comme on joue pour de vrai, on perd toutes nos billes. Et il s'ennuie Joachim, à la récré. « Allez quoi, les gars, allez quoi !... », il nous dit Joachim ; c'est très triste. Alors, si je pouvais avoir des tas de billes, moi je serais d'accord pour jouer avec Joachim, parce que même s'il gagne tout le temps, ce sale tricheur, j'aurais toujours des billes.

Eudes, qui est très fort et qui aime donner des coups de poing sur le nez des copains, m'a dit qu'il allait vous demander des gants de boxe, comme ça on rigolerait bien à la récré. Eh bien, pour Eudes, le meilleur cadeau à lui faire, ce serait de ne pas les lui donner, les gants de boxe. C'est vrai, parce que je sais comment ça va se passer : Eudes viendra avec ses gants, il va se mettre à donner des coups sur nos nez, alors, nous, on va saigner, on va crier et le surveillant va venir, il va punir Eudes, et nous, ça nous embête quand un copain a une retenue. Alors, si vraiment il faut que vous les donniez à quelqu'un les gants de boxe, donnez-les plutôt à nous, comme ça, Eudes n'aura pas d'ennuis.

Clotaire, lui, c'est le dernier de la classe. Quand la maîtresse l'interroge, il est toujours privé de récré, et quand on donne les livrets, ça fait des histoires chez lui, et il est privé de cinéma, de dessert et de télé. Il est toujours privé de quelque chose, Clotaire, et le directeur, en classe, il est venu lui dire devant tout le monde qu'il finirait au bagne et que ça ferait drôlement de la peine à son papa et à sa maman, qui se privaient de tout, eux aussi, pour lui donner une bonne éducation. Mais moi, je sais pourquoi Clotaire est le dernier et pourquoi il dort tout le temps en classe. Ce n'est pas parce qu'il est bête ; il n'est pas plus bête que Rufus, par exemple, c'est parce qu'il est fatigué.

Clotaire s'entraîne sur son chouette vélo jaune pour faire le Tour de France, plus tard, quand il sera grand. Alors, bien sûr, à cause de l'entraînement, il ne peut pas apprendre ses leçons ni faire ses devoirs, et comme il ne les fait pas, la maîtresse lui donne des lignes à faire et des verbes à conjuguer, et comme il a de plus en plus de travail, ça le gêne pour son entraînement, et ça l'oblige à tra-

vailler même les dimanches. Alors pour que Clotaire ne soit plus le dernier, pour qu'il ne soit plus privé de cinéma, de dessert et de télé, le mieux, ça serait de lui enlever son vélo. De toute façon, si ça continue, il ira au bagne, comme dit le directeur, et on ne le laissera sûrement pas sortir pour courir le Tour de France. Le vélo, si vous voulez, je suis d'accord pour le garder jusqu'à ce que Clotaire soit grand et qu'il n'ait plus besoin d'aller à l'école.

Pour le Bouillon, c'est notre surveillant, mais ce n'est pas son vrai nom, il faudra être très gentil. C'est vrai, il est tout le temps à courir dans la cour de la récré, pour nous séparer quand on se bat, pour nous empêcher de jouer à la balle au chasseur — depuis le coup de la fenêtre du bureau du directeur —, pour nous attraper quand on fait les guignols, pour nous envoyer au piquet, pour nous mettre en retenue, pour nous donner des lignes à faire, pour aller sonner la fin de la récré. Il est très fatigué, le Bouillon. Alors, vous devriez lui donner tout de suite des vacances, pour qu'il puisse partir chez lui, en Corrèze, et rester très longtemps là-bas. Et, pour être juste, vous devriez aussi donner des vacances à M. Mouchabière, qui remplace le Bouillon, quand le Bouillon n'est pas là.

Et puis, pour Marie-Edwige, qui est une petite voisine, et qui est très chouette, même si c'est une fille, avec sa figure rose, ses yeux bleus et ses cheveux jaunes, j'aimerais savoir faire des galipettes terribles. Elle aime beaucoup voir faire des galipettes, Marie-Edwige, alors, si vous pouviez faire que mes galipettes soient les meilleures de toutes, Marie-Edwige dirait : « Nicolas, c'est le champion de tous les champions. » Et elle serait très contente.

Voilà, je vous ai demandé des choses pour tous ceux que j'aime bien. Il y en a peut-être que j'oublie, parce qu'il y a des tas de gens que j'aime bien, alors, donnez-leur à eux aussi des tas et des tas et des tas de cadeaux.

Pour moi, comme je vous l'ai dit, je ne veux rien.

Même s'il vous reste encore des sous, et que, je ne sais pas, vous auriez tout de même envie de me faire une surprise, comme de m'apporter l'avion qui est dans la vitrine du même magasin que celui

où vous trouverez l'auto de papa et maman. Mais attention en passant dans la cheminée, parce que l'avion est rouge, comme l'auto, et c'est très salissant.

En tout cas, je vous promets d'être le plus sage que je pourrai, et je vous dis : JOYEUX NOËL !

Le Noël de Nicolas

Ce soir, on fait un réveillon à la maison. Papa et maman ont invité un tas de leurs amis ; il y aura M. Blédurt, qui est notre voisin, et Mme Blédurt, qui est la femme de notre voisin et qui est bien gentille, il y aura aussi le papa et la maman d'Alceste, un copain de l'école qui est gros et qui mange tout le temps, il y aura d'autres gens que je connais pas et mémé et ça va être terrible.

Dès ce matin, papa a commencé les préparatifs, maman lui a dit qu'il aurait dû s'y prendre plus tôt, mais papa a dit qu'il allait très bien se débrouiller et qu'il savait ce qu'il faisait et il a pris la voiture pour aller acheter l'arbre de Noël où on va accrocher les cadeaux des grandes personnes, parce que pour moi, les cadeaux, c'est le Père Noël qui vient me les mettre dans les chaussures qui sont devant le radiateur de ma chambre à coucher : nous, on n'a pas de cheminée.

On l'a attendu très longtemps, papa, et puis, enfin, il a ouvert la porte pour entrer. Papa n'avait pas l'air content, il avait son chapeau de travers et sur l'épaule une espèce de long bout de bois avec quelques feuilles d'arbre toutes dépeignées.

— C'est ça, le sapin de Noël ? a demandé maman.

Papa a expliqué que c'était ça, mais que son auto était tombée en panne devant chez le marchand d'arbres et qu'il avait dû revenir dans l'autobus et ce qui n'était pas commode, parce qu'il y avait des tas de messieurs dans l'autobus avec des arbres, eux aussi, et que le receveur s'était fâché, qu'il avait dit qu'il n'était pas payé pour voyager dans une forêt et qu'on lui mettait des branches dans les yeux et papa s'était fâché aussi et que finalement, il avait dû continuer la route à pied et que l'arbre avait un peu souffert dans la bousculade, mais qu'avec les décorations, ça ne se verrait pas et que l'arbre serait très joli quand même.

— Viens, Nicolas, m'a dit papa, tu vas m'aider pour la décoration.

Moi, j'étais drôlement content, parce que c'est très amusant de décorer l'arbre, ça m'avait déjà plu l'année dernière, quand j'étais petit. Nous sommes allés dans le grenier pour chercher la boîte avec

toutes les boules de verre, les guirlandes et les lampes et puis nous avons commencé à travailler. Papa avait mis l'arbre dans la salle à manger et il a commencé à installer les boules de verre qui restaient après qu'on a laissé tomber la boîte dans l'escalier. Après les boules de verre, papa a mis les petites lampes de toutes les couleurs sur les branches et ça a pris des tas de temps parce que le fil électrique était un peu mélangé. Papa, il s'était assis par terre et il tirait sur le fil en disant des choses à voix basse pour que je ne les entende pas, mais moi, je sais que c'étaient des gros mots, comme ceux que nous disons à haute voix à la récréation. Et puis, le fil a été installé et papa m'a dit :

— Tu vas voir comme c'est beau !

Et il a mis la prise et ça a fait une chouette étincelle, mais ce n'est sûrement pas ça que voulait papa, parce que les lampes ne se sont pas allumées et que ça lui a un peu brûlé les doigts et qu'il a dit un gros mot que je ne connaissais pas. Mais mon papa, il est très fort, il a arrangé ce qui n'allait pas, et, après avoir changé les plombs deux fois à la cave parce qu'il n'y avait plus de lumière dans la maison, les petites lampes se sont allumées et c'était vraiment très joli, surtout quand on a ajouté les guirlandes.

Maman est venue voir et elle a dit que c'était très bien, mais que maintenant il fallait agrandir la table de la salle à manger pour que tous les invités puissent s'asseoir autour. Papa était embêté, parce que pour faire ça, il a besoin de quelqu'un qui l'aide. Moi, j'ai proposé à papa de l'aider, mais papa m'a dit que j'étais trop petit et trop maladroit et que je ne ferais que des bêtises.

— Tant pis, a dit papa, je vais aller chercher ce raseur de Blédurt.

Papa a ouvert la porte, et il s'est cogné contre M. Blédurt qui allait sonner.

— Qu'est-ce que tu fais ici ? a demandé papa.

— Je venais pour te donner un coup de main, a répondu M. Blédurt, je suis sûr que tu ne t'en sortiras pas tout seul.

— De quoi ? a demandé papa, je n'ai pas besoin de toi, grotesque, retourne dans ta niche, jusqu'à ce soir.

— Mais papa, j'ai dit, tu devais aller chercher M. Blédurt pour agrandir la table.

Alors là, papa n'a pas été juste, je l'aime beaucoup, mais il n'a pas été juste. Il m'a dit de me mêler de ce qui me regardait et qu'il n'avait besoin de personne. M. Blédurt riait beaucoup et je crois que ça ne faisait pas plaisir à papa, et puis, maman qui était dans la cuisine a crié :

— Alors, tu es allé le chercher, M. Blédurt, pour qu'il t'aide avec la table ?

Je n'ai jamais vu rire quelqu'un comme riait M. Blédurt, ça m'a donné envie de rire aussi, le seul qui ne riait pas, c'était papa.

— Bon, bon, il a dit, au lieu de faire le comique, viens me donner un coup de main avec cette table.

La table de notre salle à manger, c'est une table ronde. Pour l'agrandir, on tire de chaque côté et elle se sépare en deux, dans la place vide, on met des planches que maman appelle des rallonges. Elle est très dure à ouvrir, la table, elle se coince. Papa s'est mis d'un côté, M. Blédurt s'est mis de l'autre et il continuait à rire.

— Arrête de rire, a dit papa, et tire quand je te le dirai.

Et puis, papa a crié « Ho hisse » et la table s'est ouverte d'un seul coup, pfuit ! Papa est tombé dans l'arbre de Noël et M. Blédurt sur le tapis, où il a continué à rire. Maman est arrivée en courant et elle a dit qu'elle aurait dû prévenir qu'elle avait fait graisser les montants de la table.

Nous sommes allés relever papa qui était assis dans l'arbre et qui avait tout plein de guirlandes et de boules de verre sur la tête ; ce qui est dommage, c'est que les petites lampes se sont éteintes.

— On dirait un gros cadeau, a dit M. Blédurt, et il s'est mis à tousser parce qu'il s'était étranglé en riant. Papa s'est levé de l'arbre tout fâché et il a dit à M. Blédurt :

— Ah, oui ?, et M. Blédurt a répondu :

— Oui.

Et ils ont commencé à se pousser un peu l'un l'autre jusqu'à ce que maman leur ait crié « Assez ! ». On a bien rigolé.

Ça a été vite fait d'arranger l'arbre, parce qu'il ne restait plus beaucoup de boules de verre ; ce qui a été le plus long, ça a été d'aller chercher des nouveaux plombs pour que les lampes se rallument : à la maison, il n'y en avait plus.

Après ça, papa s'est mis à décorer la salle à manger avec des guirlandes et des branches de houx, ça pique, mais c'est joli.

— Je n'ai pas besoin de toi, a dit papa à M. Blédurt.

Mais M. Blédurt, qui est très gentil, a insisté pour rester.

Papa est monté sur l'escabeau pour planter des petits clous près du plafond, pour accrocher les guirlandes.

— Attention ! a dit M. Blédurt, c'est une cloison en plâtre, tu vas faire des trous.

Mais papa lui a dit qu'il connaissait sa maison et qu'il n'avait pas besoin de conseils. Mais moi, j'ai vu que papa se méfiait, il a planté le premier clou en faisant très attention et le clou s'est très bien planté.

— Ha ! a dit papa, tu vois ?, et il a donné un gros coup de marteau pour planter le deuxième clou et ça a fait un trou terrible dans le mur, avec plein de plâtre qui est tombé sur M. Blédurt, mais ça ne l'a pas empêché de rire, je ne l'ai jamais vu aussi gai, M. Blédurt. Papa s'est mis à crier qu'il allait faire un malheur et maman est venue deman-

der ce qui se passait et papa a mis la main sur le trou qu'il avait fait dans le mur et il a dit que tout allait bien, qu'il demandait simplement qu'on le laisse travailler tranquille. J'allais expliquer à maman, mais papa m'a fait des gros yeux et j'ai compris qu'il préférait que je me taise.

— Bon, a dit maman, je retourne dans ma cuisine, tu peux enlever ta main, le plâtre est tombé aussi de l'autre côté du mur.

Quand maman est sortie, papa a demandé à M. Blédurt de s'en aller et M. Blédurt a dit d'accord, que de rire comme ça, c'était mauvais pour sa tension.

— Si on mettait du papier collant, pour faire tenir les guirlandes ? j'ai demandé, et papa a été très content, il m'a dit que c'était une très bonne idée et qu'on voyait bien que j'étais son fils.

L'ennui c'est que ça ne tenait pas très bien, les guirlandes avec le papier, et, quand papa a eu fini de fixer les guirlandes, tout a lâché. Papa est descendu de l'escabeau, il s'est assis, il a mis sa tête dans ses mains et il n'a rien dit.

Comme j'ai vu qu'il se reposait, j'en ai profité pour lui demander si je pouvais rester avec les invités ce soir, pour le réveillon.

— Non, a dit papa.

Alors moi, j'ai dit que ce n'était pas juste, que j'étais très malheureux et qu'il n'y avait pas de raison que j'aille me coucher et papa m'a dit que si je continuais comme ça, il allait me donner une fessée, alors je me suis mis à pleurer.

Maman est venue en courant de la cuisine et elle a dit qu'avec tout le bruit que nous faisions, elle ne serait jamais prête pour ce soir et que la dinde allait

brûler et comment ça se fait que les guirlandes ne sont pas encore posées. Ça, ça ne lui a pas plu, à papa. Il s'est mis à crier que tout le monde le rendait fou et moi, j'ai dit que si je ne pouvais pas rester ce soir avec les invités, j'allais quitter la maison.

Maman m'a pris dans ses bras et elle m'a expliqué que si je ne me couchais pas, le Père Noël ne pourrait pas venir me mettre des beaux cadeaux dans les souliers. Ça, ça m'a fait réfléchir, et j'ai dit que bon, d'accord, je voulais bien. Maman m'a

embrassé et avant de retourner dans la cuisine, elle a dit à papa que les invités allaient arriver dans deux heures, alors qu'il ferait bien de se dépêcher.

— Je serai prêt, a dit papa.

Il a eu un drôle de travail, papa. Il a recollé les guirlandes et ça n'a pas été facile, parce qu'elles ne tenaient toujours pas très bien et quand maman a ouvert la porte de la cuisine pour voir si c'était prêt, le courant d'air les a fait tomber de nouveau et finalement on a arrangé ça avec des punaises à

dessins. Après, papa a dû aller chercher les bouteilles de vin dans la cave et puis, il a fallu qu'il redescende pour changer les plombs parce que notre arbre de Noël s'est renversé quand papa a accroché les cadeaux aux branches, et puis, papa a dû balayer les dégâts, c'était tout sale par terre. Mais il est formidable, papa : il a tout terminé à temps !

Ce qui est dommage, c'est qu'il était très fatigué et qu'il est allé se coucher, comme moi, avant que les invités arrivent. Mais enfin, papa n'a rien perdu, parce que moi, j'ai mis ses chaussures devant le radiateur de sa chambre à coucher. Comme ça, il aura de beaux cadeaux, comme moi et comme vous tous, j'espère !

JOYEUX NOËL !

Les patins

Il y a des copains qui amènent des tas de choses à l'école. Cyrille, par exemple, une fois, avait apporté une souris blanche, mais ça n'avait pas plu du tout à la maîtresse qui s'est mise à faire peur à la souris en criant. Cyrille a été renvoyé de l'école avec la souris, et c'est dommage, parce que nous, la souris, on l'aimait bien, la souris, elle était chouette. Eudes, qui est très fort, était venu une fois avec des gants de boxe, mais ça, on l'a trouvé moins rigolo, parce qu'à la récré il a passé son temps à taper sur nos nez. Alceste, un autre copain, il apporte toujours des choses à manger, il ne nous en offre jamais, parce qu'il dit qu'il n'y en a pas assez pour lui. Son banc, en classe, on le reconnaît parce que c'est plein de miettes dessus.

Clotaire nous a fait rigoler un jour parce qu'il avait apporté un mot d'excuse de son papa, pour expliquer pourquoi il n'avait pas fait ses devoirs, mais la maîtresse a puni Clotaire parce qu'elle a reconnu ses fautes d'orthographe. Depuis, Clotaire travaille dur sa grammaire pour ne pas faire de fautes dans les mots d'excuse qu'il écrira quand il sera prêt. Agnan, le premier de la classe, tout ce qu'il nous a apporté, c'est la rougeole, et c'était chouette parce qu'on reste trois semaines à la maison quand on l'a. Ce qui est dommage, c'est qu'on ne peut l'avoir qu'une fois, mais moi, il me manque encore les oreillons et la varicelle.

Mais, le plus chouette de tous, c'est Geoffroy. Parce que lui, il apporte souvent des jouets à l'école. Son papa est très riche et il lui donne tout le temps des choses. C'est pour ça, quand on a vu arriver Geoffroy ce matin avec un gros paquet sous le bras, on lui a tous demandé :

— Qu'est-ce que c'est, Geoffroy ? Qu'est-ce que c'est ?

— Vous le verrez à la récré, nous a dit Geoffroy qui aime bien faire le mystérieux.

Alors, on a attendu la récré avec autant d'impatience que les autres jours et quand la cloche a sonné, on est tous sortis en courant, sauf Geoffroy, qui est arrivé dans la cour le dernier, en marchant tout lentement, qu'il est bête, à la fin ! Quand Geoffroy a vu qu'on était tous autour de lui, il a ouvert le paquet et on a vu ce qu'il y avait dedans : des patins ! Des patins à roulettes tout neufs qui brillaient avec des roues larges, celles qui roulent le mieux !

— Tu nous les prêtes ? on a crié.

Mais Geoffroy a fait semblant de ne pas nous entendre, il a mis ses patins et il a commencé à rouler. Il partait vite comme tout et il faisait la longueur de la cour et nous, on le suivait tous en courant et en criant :

— Tu me les prêtes, dis ? Tu me les prêtes ?

On s'amusait bien avec les patins de Geoffroy.

Et puis, le surveillant est arrivé en courant. Le surveillant, on l'appelle le Bouillon, parce qu'il dit tout le temps « Regardez-moi dans les yeux », et dans le bouillon, il y a des yeux : c'est les grands qui ont trouvé ça.

— Dites donc, a demandé le Bouillon à Geoffroy, qui vous a permis d'apporter ces engins à la récréation ?

— Mais m'sieur, a répondu Geoffroy, je ne fais pas de mal, c'est pas défendu, m'sieur.

— Peut-être, a dit le Bouillon, mais c'est dangereux, vous allez tomber et vous écorcher les genoux, vous serez bien avancé après.

— Mais non, m'sieur, c'est pas dangereux, m'sieur, vous voulez essayer ?

— Ne vous fichez pas de moi, mon petit ami, a dit le Bouillon ; bon, allez, je vous surveille, mais ne vous plaignez pas si vous vous faites mal.

Et le Bouillon est parti s'occuper des grands qui jouaient à la balle au chasseur avec des pierres.

— Alors, espèce de chouchou, a dit Eudes à Geoffroy, quand nous, on te demande les patins, tu ne veux rien savoir, mais au Bouillon, tu les lui offres !

— Chouchou ? a dit Geoffroy, répète un peu.

— Chouchou, a répété Eudes, et il a donné un coup de poing sur le nez de Geoffroy, qui est parti en arrière et qui est tombé plus loin assis par terre.

— Attends que j'enlève mes patins et tu vas voir ! a dit Geoffroy ; il a enlevé ses patins, il s'est mis debout et Eudes lui a donné un autre coup de poing sur le nez.

— Ça vaut pas, a crié Geoffroy, je ne regardais pas !

Ce n'est pas vrai, ça, moi j'ai bien vu que Geoffroy regardait, la preuve c'est que quand il a vu arriver le poing d'Eudes, il s'est mis à loucher.

— Bon, espèce de guignol, a dit Eudes, tu me les prêtes, oui ou non, ces patins ?

— Oui, a dit Geoffroy, qui est bon camarade et qui n'est pas fou.

Eudes a mis les patins et il est tombé. Il a essayé de se relever et il est tombé de nouveau.

— Ben quoi, a dit Geoffroy, tu ne sais pas en faire ?

— Et alors, ça te dérange ? a dit Eudes qui n'avait pas l'air content.

Il nous a demandé de l'aider à se relever et quand on l'a mis debout, il a fait des tas de gestes avec les bras, il a crié :

— Ne me lâchez pas, ne me lâchez pas ! et il est tombé de nouveau.

— Allez, rends-moi ces patins, a dit Geoffroy.

Mais Eudes ne voulait pas lui rendre les patins avant de savoir en faire. Alors Geoffroy a été obligé de lui apprendre.

On a bien rigolé. Geoffroy tirait Eudes par un bras, moi par l'autre et tous les copains poussaient. Eudes avançait avec les jambes écartées, et il criait :

— Pas si vite ! Pas si vite !

Et puis Rufus a dit :

— Eh bien les gars ! Si on jouait aux billes ?

Ça, c'était une bonne idée, alors, on a lâché Eudes qui criait et qui faisait des tas de gestes et qui est allé cogner contre le ventre du Bouillon.

— Ça fait un moment que je vous observe, a dit le Bouillon, je n'aime pas ces façons de jouer. Je confisque les patins. Donnez-les-moi.

Eudes a enlevé les patins et il avait l'air plutôt content de s'en débarrasser, mais un à qui ça n'a pas plu, c'est Geoffroy. Quand le Bouillon est parti avec les patins sous le bras, Geoffroy a dit à Eudes :

— C'est de ta faute si le Bouillon a confisqué les patins !

— Et alors, a dit Eudes, qu'est-ce que tu veux que je fasse ?

— Va les lui demander, sinon, je le dirai à mon papa, qui le dira à ton papa et tu seras puni !

— À ton papa, je lui donnerai un coup de poing sur le nez, a dit Eudes.

— Essaye un peu, a dit Geoffroy, et Eudes a essayé sur Geoffroy.

Le nez de Geoffroy était drôlement rouge avec tout ce qu'il avait reçu pendant la récré. Le Bouillon est arrivé en courant.

— Vous n'avez pas fini de vous battre ? il a demandé.

— M'sieur, m'sieur, a dit Geoffroy, vous me les rendez les patins ? Vous me les rendez, dites ?

— Mon petit ami, a dit le Bouillon, regardez-moi bien dans les yeux. Quand je dis quelque chose, ce n'est pas pour rire. Ces patins sont dangereux, je ne veux pas que vous jouiez avec. Je ne veux pas que vous rentriez avec des genoux ensanglantés. Les patins vous seront rendus à la fin de la classe, pas avant.

Et il est allé sonner la fin de la récré..

Geoffroy ne les a pas eus, les patins, à la fin de la classe. Parce que le Bouillon était à l'infirmerie. Il paraît qu'après la récré, il était tombé dans la cour et il s'était fait très mal au genou.

Notre maison

Je vous ai dit, je crois, que dans le quartier il y a un terrain vague terrible, où on va jouer avec les copains. Dans le terrain vague, il y a des tas de choses : une vieille voiture sans roues, des boîtes vides, des pierres, des chats ; c'est formidable et on s'y amuse bien.

Là, on avait décidé, avec les copains, de construire une maison. Une maison rien que pour nous, où on ne laisserait entrer personne d'autre, où on y mangerait des choses qu'on ferait cuire nous-mêmes — ça, c'était une idée d'Alceste —, où on pourrait aller même quand il pleut ; ça serait drôlement chouette !

— Bon, avait dit Geoffroy, on se retrouve sur le terrain cet après-midi. Que chacun apporte de quoi construire la maison.

Quand je suis arrivé dans le terrain vague, presque tous les copains y étaient déjà. Moi, j'avais apporté ma pelle et mon seau que j'avais à la plage, en vacances ; Eudes avait apporté un marteau et Maixent avait un tas de clous dans sa poche. Les clous étaient un peu rouillés et tordus, mais Maixent nous a expliqué que les bons clous étaient plantés dans les murs chez lui, et qu'il ne pouvait tout de même pas les arracher pour construire une autre maison. Joachim n'avait rien apporté, Clotaire non plus ; Alceste était venu avec deux croissants, mais ce n'était pas pour la maison, c'était pour lui. Et puis, Rufus est arrivé très content.

— Regardez ce que j'apporte, il a dit, et il nous a montré un bouton de porte.

— Et qu'est-ce que tu veux qu'on fasse avec ça ? a demandé Eudes.

— Ben quoi, a dit Rufus, c'est pour la maison. T'as déjà vu une maison sans bouton de porte ?

Il avait raison, Rufus, et puis Geoffroy est arrivé avec une planche sous le bras.

— Papa n'a pas voulu que j'en prenne d'autres, a dit Geoffroy ; pourtant, il y en a plein derrière le garage. Mais, ça ne fait rien, elle est chouette, cette planche.

— Elle n'est pas bien grande, a dit Clotaire.

— Ah oui ? a dit Geoffroy, et toi, qu'est-ce que tu as apporté pour la construire, la maison ? Hein ?

— C'est vrai, ça, a dit Rufus ; nous, on amène des choses drôlement utiles, et vous qui n'avez rien, vous êtes là à rouspéter !

— Bon, j'ai dit, on ne va pas perdre du temps à discuter, il faut la faire, notre maison !

Et avec ma pelle, j'ai commencé à creuser par terre.

— Et pourquoi est-ce que tu fais un trou ? m'a demandé Joachim.

— T'as jamais vu que pour construire une maison, on commence par faire un trou ? j'ai répondu.

— Possible, a dit Maixent, mais pourquoi tu le fais là, le trou ? On n'a pas encore décidé où on va la faire, la maison !

— On va la faire ici, j'ai dit, et j'ai continué à creuser le trou, et c'était pas facile à cause des pierres.

— Tu peux le creuser là, ton trou, a dit Maixent. Nous, la maison, on va la faire ailleurs.

— Tu veux un coup de pelle ? j'ai demandé ; mais Joachim a dit que c'était idiot de commencer à se battre, et qu'elle ne serait jamais finie, la maison, si on ne s'y mettait pas !

— T'as raison, a dit Maixent, alors la maison, on va la faire là-bas.

— Fais la maison là-bas si tu veux, moi je fais ma maison ici, j'ai dit.

Et je me suis remis à creuser.

Maixent, ça ne lui a pas plu ce que j'avais dit. Alors, il est venu vers moi, et je lui ai crié :

— Sors de ma maison ! T'as qu'à aller dans la tienne !

— Ta maison, ta maison ! il a dit Maixent ; d'abord, c'est pas ta maison, c'est notre maison ; et puis j'y entrerai si je veux !

Alors il est entré et il m'a donné une gifle, et moi je lui ai donné un coup de pelle sur la tête. Il a été très étonné, Maixent, de recevoir un coup de pelle sur la tête. Et puis, nous nous sommes battus, mais Eudes a dit qu'on s'arrête et qu'on se mette au travail sérieusement.

— La maison, on la fait comment ? a demandé Eudes. Un ou deux étages ?

Clotaire s'est mis à rigoler.

— Tu me fais rigoler, il a dit. Si on fait une maison à deux étages, avec quoi on va faire l'escalier ?

Il avait raison, Clotaire ; un escalier, ça doit être difficile à faire, surtout à cause des marches. Mais il ne faut jamais dire à Eudes qu'il vous fait rigoler, parce que Eudes est très fort et il aime bien donner des coups de poing sur le nez des copains ; et quand vous lui dites qu'il vous fait rigoler, ça ne rate pas. Et Clotaire a eu de la veine, parce que Eudes n'a pas tapé avec le marteau.

Là, on a été un peu tranquilles, surtout avec Clotaire qui boudait et qui saignait du nez.

— La maison, a dit Joachim, il faudrait la faire avec deux pièces : une entrée et un salon. Pour le salon, j'essayerai d'apporter le fauteuil qui est dans ma chambre. Avant que le cuir soit crevé, il était dans le salon, chez nous, et il est encore très bien, le fauteuil. Et puis on pourrait mettre des tableaux sur les murs, et puis un tapis par terre, et puis des lampes avec des abat-jour...

— Et la cuisine ? a demandé Alceste. Il n'y aura pas de cuisine dans la maison ?

— Tu nous embêtes avec ta cuisine, a dit Joachim.

— C'est toi qui nous embêtes avec tes fauteuils crevés ! a répondu Alceste.

Et ils sont allés plus loin pour discuter, parce que Alceste aime mieux discuter que se battre, surtout quand il n'a pas encore fini de manger ses croissants.

— Dites, les gars ! a crié Geoffroy, on s'y met à la maison, ou on ne s'y met pas ? Il va se faire tard !

— T'as raison, a dit Rufus. Alors, voilà : la porte, on va la mettre de ce côté, ici.

— On s'en fiche de ta porte, a dit Geoffroy. Ce qu'il faut commencer, c'est les murs.

Et puis Geoffroy a mis sa planche par terre, à côté de mon trou.

— Et comment tu vas entrer dans la maison, si tu n'as pas de porte, je vous prie ? a demandé Rufus.

— Je n'ai pas dit qu'il n'y aurait pas de porte, imbécile, a répondu Geoffroy. Je dis qu'on ne commence pas une maison par la porte !

— Qui est un imbécile ? a demandé Rufus, et Geoffroy lui a donné une grosse claque.

Rufus, il s'est mis en colère, et il s'est battu avec Geoffroy en criant :

— Alors ? Dis-le maintenant si tu l'oses ! Dis-le ! Qui est un imbécile ?

Et Geoffroy lui répondait :

— Toi ! Toi ! Toi ! comme ça, tout le temps.

Nous, on s'est mis autour pour les regarder, parce que comme ils sont de force égale, c'est intéressant quand Geoffroy et Rufus se battent !

Et puis, ils se sont arrêtés et Rufus a dit :

— Puisque c'est comme ça, je m'en vais ! Et pour le bouton de la porte, vous repasserez.

— Ah oui ? a dit Geoffroy. Eh bien ! La planche, je l'emporte aussi !

Et ils sont partis tous les deux, fâchés, chacun de son côté.

Alors nous, nous nous sommes regardés, et puis nous sommes partis à notre tour.

Parce que c'est vrai : comment voulez-vous construire une maison sans matériaux ?

Chez le coiffeur

Maman a passé sa main sur mes cheveux et elle a dit :

— Mon Dieu, quelle tignasse ! et puis après, elle m'a dit :

— Tu es un grand garçon, maintenant, n'est-ce pas Nicolas ?

Moi, je n'aime pas trop quand maman me dit que je suis un grand garçon, parce que, tout de suite après, j'ai de gros ennuis. Mais, je ne pouvais pas dire non, c'est vrai que je suis devenu très grand : pour manger, à table, je n'ai presque plus besoin de coussin, sauf pour manger les macaronis, parce que là, il faut voir ce qu'on fait.

— Eh bien, m'a dit maman, puisque tu es un grand garçon, tu vas aller chez le coiffeur, tout seul !

Moi, je n'aime pas aller chez le coiffeur, il est habillé en blanc, comme les dentistes et les docteurs et puis il a des ciseaux, des rasoirs et des machines à tondre qui font froid quand ça vous touche et ça peut vous couper. Et puis, on a des bouts de cheveux sur le nez et dans les yeux et on ne peut pas les enlever, à cause de la serviette et aussi parce qu'il ne faut pas bouger, sinon, couic, avec le rasoir. Et, quand on sort du coiffeur, on a l'air d'un guignol, avec pas de cheveux autour des oreilles, et ceux sur la tête tout collés.

— Maman, j'ai dit, je ne veux pas aller au coiffeur !

— CHEZ le coiffeur, m'a dit maman, et tu vas y aller tout de suite, si tu ne veux pas que je me fâche !

Maman, elle n'avait pas l'air de rigoler. Je suis sorti de la maison pour aller CHEZ le coiffeur, comme dit maman. Elle m'avait donné des sous, maman, et elle m'avait dit qu'il fallait que je demande qu'on me dégage les oreilles et assez court devant. Dans la rue, j'ai rencontré Alceste, Rufus et Clotaire, trois copains de l'école, qui jouaient aux billes.

— Où tu vas ? m'a demandé Alceste.

— Chez le coiffeur, j'ai répondu.

Alors, Alceste, Rufus et Clotaire ont décidé de m'accompagner, ils en avaient assez de jouer et Alceste avait gagné toutes les billes.

Quand nous sommes arrivés chez le coiffeur, les deux fauteuils étaient pleins. Les coiffeurs nous ont regardés, ils ont ouvert des gros yeux et un a dit :

— Non ! Oh non ! et l'autre lui a répondu :

— Courage, Marcel !

Comme il fallait attendre, nous avons jeté un coup d'œil sur les revues qui étaient sur une table et qui avaient plein de cheveux dans les pages. Les revues n'étaient pas très intéressantes et Clotaire était en train de faire un avion avec une des pages qu'il avait arrachées, quand le coiffeur qui s'appelait Marcel, d'une voix toute tremblante, a dit :

— Bon, je suis libre, qui est le premier d'entre vous ?

Moi, j'ai répondu que j'étais le premier, et non seulement que j'étais le premier, mais que j'étais le seul. M. Marcel a regardé mes trois copains et il a demandé :

— Et eux ?

— Nous, on vient pour rigoler, a répondu Alceste.

— Oui, a dit Clotaire, quand Nicolas sort de chez vous, il a l'air d'un guignol, on veut voir comment vous faites.

M. Marcel est devenu tout rouge.

— Voulez-vous partir d'ici tout de suite ! Ce n'est pas la cour de récréation, ici !

Moi je suis sorti, tout seul, mais M. Marcel m'a rattrapé sur le trottoir.

— Pas toi, il a dit M. Marcel, les autres !

Mais Rufus, Clotaire et Alceste ne voulaient pas partir de la boutique.

— Si vous nous faites sortir, a dit Rufus, je me plaindrai à mon papa qui est agent de police !

— Et moi, a dit Alceste, je le dirai à mon papa à moi, qui est un ami du papa de Rufus !

L'autre coiffeur s'est approché et il a dit :

— Du calme, du calme. Vous pouvez rester, les enfants, mais vous allez être sages, n'est-ce pas ?

— Ben oui, quoi, a dit Clotaire.

— Tu vois, Marcel, a dit le coiffeur, il faut du tact, du doigté et tout se passera très bien.

M. Marcel a poussé un gros soupir et il m'a regardé avec une espèce de sourire tout triste. M. Marcel a mis une petite planche entre les bras du fauteuil, il m'a pris dans ses bras à lui, il a fait « Youp-là ! » et il m'a assis sur la petite planche.

— Alors mon petit, il m'a demandé, tu aimes bien aller au coiffeur ?

— CHEZ le coiffeur, je lui ai répondu.

M. Marcel, il s'est mis à rire comme papa quand maman le gronde, il a dit que j'étais très intelligent et combien ça faisait deux fois deux. Je lui ai dit que ça faisait quatre et ça a paru lui faire plaisir, tellement plaisir que je lui ai dit que quatre fois trois ça faisait douze et sept fois cinq, trente-cinq. Je n'ai jamais vu quelqu'un qui ait l'air d'aimer les multiplications autant que M. Marcel. Rufus et Alceste ont voulu se montrer, eux aussi, et ils ont commencé à réciter leurs tables, Clotaire, il ne disait rien parce que c'est le dernier de la classe, surtout en calcul.

— Bon, assez, ça va, silence ! a dit M. Marcel.

— Doigté, Marcel, a dit l'autre coiffeur qui s'occupait à raser un monsieur en lui mettant des tas de savon sur la figure.

— On dirait un gâteau à la crème, votre client ! a dit Alceste, qui aime manger.

Les morceaux de peau qu'on voyait de la figure du client, là où il n'y avait pas de savon, sont devenus tout rouges.

— Dépêchez-vous, Louis, a dit le client et je crois qu'il avait avalé un peu de savon, parce que juste quand il parlait, le coiffeur lui passait le blaireau sous le nez.

— Comment il faut que je te les coupe, les cheveux ? m'a demandé M. Marcel.

— Très longs sur les joues, comme les cow-boys, a dit Rufus.

— Non, tout rasés, comme les catcheurs à la télé, a dit Clotaire.

— Taisez-vous ! a crié M. Marcel. Je ne vous ai rien demandé, à vous !

— Je n'ai rien dit ! a dit Alceste.

— Doigté, Marcel ! a dit M. Louis.

— Ah, tais-toi ! lui a répondu M. Marcel.

— Dégagez les oreilles et assez court devant, j'ai dit.

— Hein ? a dit M. Marcel, qui n'avait plus l'air de bien comprendre ce qui se passait.

M. Marcel a pris les ciseaux et il a commencé à faire clic-clic au-dessus de ma tête, mais il s'est arrêté parce qu'il a entendu clic-clic derrière lui. C'était Alceste qui avait pris des ciseaux et qui s'amusait à découper les revues avec Rufus et Clotaire.

— Qu'est-ce que vous faites ? a crié M. Marcel.

— Des avions, a répondu Alceste.

Mais M. Marcel n'avait pas l'air d'aimer les avions en papier, il a demandé à Alceste de lui rendre les ciseaux et de se tenir tranquille.

— Si on ne peut plus rigoler, a dit Rufus.

— Oui, parce que avec la tondeuse, pour couper le papier, ce n'est pas facile ! a dit Clotaire.

— Rends-moi ça ! a crié M. Marcel et il a pris la tondeuse à Clotaire.

— Cesse de t'agiter, a dit M. Louis, sinon je vais finir par couper une oreille à mon client.

— Mais, mais, mais, dites donc ! a crié le client qui avait encore, pourtant, toutes ses oreilles, mais qui avait l'air de se méfier.

— Vous me les coupez les cheveux ? j'ai demandé à M. Marcel : c'est vrai, il était là à rigoler avec mes copains et moi j'attendais.

M. Marcel a commencé à me couper les cheveux. Alceste, Rufus et Clotaire s'étaient mis derrière lui et regardaient.

— Tu ne trouves pas qu'il lui coupe court ? a demandé Alceste.

— Non, ce qui est embêtant, c'est qu'il ne coupe pas pareil de tous les côtés, a répondu Clotaire.

— Silence ! a crié M. Marcel, et puis on a entendu « Ouille ! ».

C'était le monsieur qu'on rasait, qui avait crié.

— Je m'excuse, monsieur, a dit M. Louis, c'est mon collègue qui m'a fait sursauter.

COIFFEUR

Le monsieur n'a pas excusé du tout, il a demandé qu'on lui essuie le savon, qu'il voulait s'en aller tout de suite.

— Mais, monsieur, a dit M. Louis, vous n'êtes rasé que d'un seul côté !

— C'est le côté qui saigne, a dit le monsieur, restons-en là.

Et le monsieur s'est essuyé la figure et il est parti.

— Vous avez des drôles de clients, a dit Rufus.

M. Louis a marché vers lui, mais M. Marcel a dit :

— Doigté, Louis ! et M. Louis s'est arrêté et j'ai cru qu'il allait marcher sur M. Marcel.

M. Marcel a fini de me couper les cheveux, pendant que Rufus s'amusait à mouiller Clotaire avec le vaporisateur et que M. Louis essayait de récupérer le talc qu'Alceste lui avait pris. Ils rigolaient tous drôlement.

Ils ne devaient pas s'amuser souvent, M. Louis et M. Marcel, parce que quand nous sommes partis, ils sont restés tout tristes, assis dans leurs fauteuils, en se regardant dans la glace, sans rien dire, les pauvres.

Il faudra que l'on revienne très vite, pour les consoler !

Le magicien

Dimanche après-midi, il pleuvait, et M. et Mme Blédurt sont venus jouer aux cartes avec papa et maman. M. Blédurt, c'est notre voisin, il est rigolo et il est gros. Quelquefois, il me fait penser à Alceste quand il sera grand. Mme Blédurt, c'est la femme de M. Blédurt.

Moi, j'aime assez rester à la maison, quand il pleut et qu'il y a du monde, parce que maman prépare des tas de choses chouettes pour le goûter. Et puis, ce qui est amusant, c'est que papa et M. Blédurt se disputent tout le temps, et chacun dit que l'autre n'y connaît rien aux cartes, et Mme Blédurt demande si on joue ou si on parle, et maman dit qu'ils sont insupportables.

Après le goûter (brioches, tarte aux pommes, éclairs au chocolat et au café — j'aime ceux au chocolat — et croissants), papa, maman, M. et Mme Blédurt ont continué à jouer, et quand ils ont eu fini, M. Blédurt était drôlement content parce qu'il avait gagné.

— Tiens, Nicolas, il m'a dit, je vais te faire un tour de magie avec les cartes.

— Ah non, Blédurt, a crié papa, tu ne vas pas nous faire ces vieux tours de cartes que tout le monde connaît !

— Je te fais remarquer, Machin, a dit M. Blédurt, que je m'adresse à ton fils. Tu veux que je te montre ma magie, mon lapin ?

— Oh oui ! j'ai dit.

— Quand on joue aux cartes comme tu le fais, a dit papa, on a intérêt à changer de sujet.

M. Blédurt a regardé papa, il a haussé les épaules, il a regardé en l'air, il a fait « Non » avec la tête, il a pris les cartes, il les a mélangées, il m'a tendu le paquet, et il m'a dit :

— Tiens, mon pauvre petit, choisis une carte, n'importe laquelle, regarde-la bien, ne me dis pas ce que c'est, et remets-la dans le paquet.

— On la connaît, ta magie, a rigolé papa.

Moi, j'ai pris une carte ; c'était le dix de carreau, et M. Blédurt a ouvert le paquet de cartes pour que je puisse remettre le dix de carreau dedans.

— Voyons, voyons, voyons, a dit M. Blédurt.

Il a soufflé sur le paquet de cartes, et puis il a commencé à regarder les cartes, il en a sorti une, et il m'a demandé :

— C'est celle-là ?

Et devinez laquelle c'était ? Le dix de carreau !

— Oui, j'ai crié.

— Bien sûr ! a dit papa.

— Machin, tu commences à m'énerver sérieusement, a dit M. Blédurt.

— Il est l'heure de rentrer, a dit Mme Blédurt.

Et M. et Mme Blédurt sont partis.

Moi, je le trouvais terrible, le tour de magie de M. Blédurt, et à l'école, quand je le ferai, ça épatera les copains. J'ai pris les cartes, comme avait fait M. Blédurt, et j'ai tendu le paquet à papa.

— Choisis une carte, j'ai dit à papa.

— Laisse-moi tranquille, Nicolas, m'a répondu papa.

— Ben, choisis une carte, j'ai dit. Je vais la deviner.

— Écoute, Nicolas, m'a dit papa, j'ai vu assez de cartes pour aujourd'hui, alors tu vas être un gentil petit garçon, et tu vas aller jouer tout seul.

Alors là, c'était drôlement pas juste ! C'est vrai quoi, moi, on m'oblige à rester le dimanche à la maison, tout le monde a le droit de jouer aux cartes sauf moi, et si on ne m'aide pas pour la magie, alors je pourrai pas faire le coup du dix de carreau aux copains. Et j'ai commencé à pleurer, c'est vrai, quoi, à la fin, sans blague !

— Tais-toi, Nicolas, m'a dit papa.

— Il se passe quelque chose ? a crié maman qui était dans sa chambre.

— Mais non, mais non, a répondu papa.

Et puis, il m'a dit :

— Bon, bon, cesse de pleurer. Donne-moi une carte.

Alors, j'ai donné une carte à choisir à papa. Il l'a regardée, il l'a remise dans le paquet, j'ai soufflé sur le paquet, j'ai cherché le dix de carreau, et j'ai demandé :

— C'est celle-là ?

— Non, a dit papa.

— Comment non ? je lui ai dit.

— Eh bien non, m'a répondu papa. C'était le deux de trèfle.

— Mais ça vaut pas ! j'ai crié. Avec M. Blédurt, ça marchait !

— Ah ! Nicolas, tu vas me laisser tranquille ! Compris ? a crié papa.

Alors, je me suis mis à pleurer, et maman est arrivée en courant.

— Ça faisait longtemps, a dit maman. Qu'est-ce qu'il y a cette fois-ci ?

— Il y a, a expliqué papa, que ton fils m'en veut parce que j'ai pris le deux de trèfle au lieu du dix de carreau. Ce n'est tout de même pas de ma faute, non ?

— Il le fait exprès ! j'ai crié.

— À qui crois-tu parler, Nicolas ? m'a demandé papa. À un de tes petits copains de l'école ?

— Un peu de calme, a dit maman. Si vous voulez que je prépare le dîner, il me faut un peu de

calme. Alors, expliquez-moi ce qui se passe. Tranquillement. Sans crier.

Moi, j'ai expliqué à maman pour le coup de la magie de M. Blédurt, et qu'avec papa ça ne marchait pas.

— Je vois, a dit maman. Peut-être que papa est fatigué, tout simplement. Essaie avec moi.

J'ai essayé avec maman, elle a choisi une carte, elle l'a remise dans le paquet, j'ai soufflé sur le paquet, j'ai sorti le deux de trèfle, et j'ai demandé :

— C'est celle-là ?

— Oui, mon chéri, a dit maman.

— Tu dis ça pour me faire plaisir, j'ai dit.

— Nicolas, a crié papa, ce n'est pas un peu fini ? C'est que j'en ai assez, moi !

— Pas la peine de crier, a dit maman. J'ai dit que c'était le deux de trèfle, et c'était le deux de trèfle. Tu as très bien réussi ton tour de magie, bravo, maintenant laisse-moi mettre la nappe.

— C'était pas le deux de trèfle, c'était pas le deux de trèfle, j'ai crié.

— Nicolas ! a crié maman. Tu veux une gifle ?

Alors, je me suis mis à pleurer, j'ai dit que c'était pas juste, que tout le monde s'amusait le dimanche sauf moi, que je ne pourrais pas faire le tour de magie aux copains et que j'allais quitter la maison et qu'on me regretterait bien.

— Écoute, a dit maman à papa, apprends-lui ce fameux tour, ça le calmera, et qu'on n'en parle plus. Je n'ai vraiment pas envie de crier, ce soir.

— Oh oui, papa ! j'ai dit.

— Moi ? Mais, je le connais pas ! a dit papa.

— Ben, tu as dit à M. Blédurt que tu le connaissais, j'ai dit.

— Je ne m'en souviens plus, a dit papa.

— Eh bien, tu n'as qu'à téléphoner à ton ami Blédurt, a dit maman. Moi, je vais préparer le dîner.

Maman est partie. Papa m'a regardé, il a poussé un soupir, il a dit tout bas quelque chose sur cet imbécile de Blédurt, et il est allé téléphoner.

— Allô ! a dit papa... Blédurt ? Salut... C'est moi... Ouais... Oui, oui, bon, ça va... Écoute, essaie d'être sérieux pour une fois... Tu vas m'écouter, oui ?... Bon, le petit, ça l'a bien amusé, ton tour de cartes, alors il aimerait bien le faire à ses copains, demain à l'école. Explique-moi un peu comment ça marche, déjà... Comment non ?... Quoi ?... Ah, c'est fin ! Très fin !... Alors, tu me dis ?... Bon...

Oui… Oui… C'est ça… Oui… Je vois… D'accord. Bon, salut, Blédurt. Comment ?… Oui, oui, ça va, ça va… Merci ! Mille millions de fois merci ? Tu es content ? Alors, à la niche. Bonsoir.

Papa a raccroché le téléphone. Il est allé chercher le paquet de cartes, et il m'a expliqué :

— Voilà, quand tu demandes qu'on remette la carte dans le jeu, tu regardes la carte qui est juste avant. Tu vois ? Par exemple, là, c'est un cinq de pique… Bon, la carte choisie sera placée là, tout de suite après. Ici, c'est le neuf de cœur. Voilà. C'est facile. Tu as compris ?

— Oui, j'ai dit.

— Eh bien, a dit papa, j'espère que tu es content ; demain, tu pourras faire le tour à tes copains.

— Oh ben non, j'ai dit, c'est de la triche. Il y a un truc.

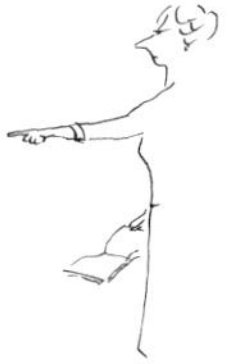

La composition d'arithmétique

Ce matin, je ne voulais pas aller à l'école parce qu'on avait composition d'arithmétique. Moi, je n'aime pas les compositions, d'abord parce que ça dure deux heures et qu'on rate une récré. Et puis aussi parce qu'il faut drôlement étudier avant. Et puis après, on vous pose des questions que vous n'avez pas étudiées. On a des mauvaises notes et à la maison, votre maman vous gronde et votre papa vous dit que vous n'arriverez jamais à rien, et que lui, quand il avait votre âge, il était toujours premier et que son papa à lui était toujours très fier de votre papa à vous. Et puis encore, quand c'est de l'histoire ou de la géographie, il y a des fois où on a de la veine et où on vous demande de raconter les aventures de Jeanne d'Arc, qui sont chouettes, ou les aventures de la Seine, et ça je les savais. Mais en arithmétique, c'est terrible parce qu'il faut penser.

Et c'est pour ça que, lorsqu'il y a composition d'arithmétique, on essaye tous d'être malades à la maison. Mais les mamans ne veulent rien savoir et elles nous envoient à l'école. Même qu'une fois, la maman de Joachim n'a pas voulu le croire quand il

a dit qu'il était malade, et il avait les oreillons ; et on les a tous eus pour les vacances de Pâques.

À l'école, quand je suis arrivé, les copains étaient tous déjà là et ils avaient l'air bien embêtés, sauf Agnan, le chouchou de la maîtresse, qui est toujours le premier et qui aime bien les compositions.

— Moi, a dit Eudes, mon grand frère m'a raconté que quand il allait à l'école, il écrivait les réponses à la maison sur des petits bouts de papier qu'il cachait dans ses poches.

— Et en arithmétique, qu'est-ce qu'il faisait ? a demandé Clotaire.

— Il était dernier, a répondu Eudes.

— Moi, a dit Joachim, mon papa m'a dit que si je n'avais pas une bonne place en composition d'arithmétique, il me confisquait le vélo.

— Et moi, a dit Alceste, qui mangeait un petit pain au chocolat, ma maman m'a dit que si je n'étais pas dans les vingt premiers, elle me privait de dessert.

Il a fait un gros soupir, Alceste, et il a commencé à manger un croissant.

Alors, moi j'ai eu une idée et j'ai dit qu'on devait demander à Agnan de nous passer les résultats, en classe. Agnan, qui repassait la table de 12, m'a entendu et il a dit que jamais de la vie ; et il est parti en chantant : « 12 fois 3, 36 ; 12 fois 4, 48… »

Il est formidable Agnan ! Nous, on l'a rattrapé et on lui a dit :

— Allez, Agnan, sois chouette, quoi, allez, sois chouette !

Mais Agnan ne voulait rien savoir.

— Et si je te donnais un coup de poing sur le nez, a demandé Eudes, tu serais d'accord ?

Mais même là, il n'a pas été d'accord, Agnan, et il a dit que d'abord il avait des lunettes et qu'on n'avait pas le droit de lui taper dessus, et qu'il se plaindrait à ses parents, qui se plaindraient au directeur et qu'on irait tous en prison, et que c'était très laid de tricher.

— Dix billes si tu nous passes les réponses, a dit Clotaire.

Agnan l'a regardé, il a eu l'air de penser un peu, et puis il a fait non de la tête.

— Trente billes, a dit Alceste.

Agnan a enlevé ses lunettes et il les a essuyées.

— Trente-deux billes, a dit Geoffroy, le copain qui a un papa très riche.

— Bon, a dit Agnan, mais vous me les donnez tout de suite.

Nous, on a été d'accord. Geoffroy a donné vingt-huit billes, et les autres copains, on s'est cotisés pour donner le reste. Agnan a mis les billes dans ses poches, et il nous a promis de nous passer un papier avec les résultats des problèmes. On était tous drôlement contents.

— On va tous être premiers ex æquo, a dit Joachim.

Et quand Clotaire lui a demandé ce que ça voulait dire, Joachim lui a répondu que ça voulait dire qu'il allait garder son vélo.

Quand nous sommes entrés en classe et que nous avons été assis, la maîtresse nous a dit de ranger nos livres sous les pupitres, de sortir une feuille de papier, de mettre notre nom en haut et à gauche. Et puis, elle est allée au tableau et elle a commencé à écrire les énoncés des problèmes. Il y en avait un avec deux trains qui partaient chacun d'un côté et la maîtresse voulait savoir quand ils allaient se rencontrer ; un autre avec l'histoire du robinet et de la baignoire qu'on a oublié de boucher ; et dans le troisième, on parlait d'un fermier qui allait vendre des tas d'œufs, de tomates et de pommes de terre au marché.

Ils étaient drôlement difficiles, et nous, on regardait tous Agnan, parce que si Agnan ne savait pas, c'était fichu, pour la composition et pour les billes. Mais Agnan savait ; il écrivait drôlement vite, en tirant la langue et en comptant avec les doigts de la

main gauche. Alceste m'a donné un coup de coude et il m'a dit :

— C'est gagné !

Moi, je commençais à être inquiet, parce que Agnan n'avait pas l'air de s'occuper de nous, et Geoffroy lui a soufflé :

— Hé !

— Geoffroy ! a crié la maîtresse, au lieu de faire le pitre, vous feriez mieux de chercher la solution de ces problèmes.

Et alors, là, on a vu Agnan qui écrivait des choses sur un petit bout de papier, qu'il a roulé en boule. Il a regardé la maîtresse qui corrigeait des devoirs, il a regardé Geoffroy qui était assis sur le banc à côté, et hop ! il a envoyé le papier à Geoffroy.

— Ce papier ! Agnan, je vous ai vu ! Apportez-moi ce papier ! a crié la maîtresse.

Agnan, il a ouvert la bouche toute grande, et puis il s'est mis à pleurer. Alors, la maîtresse s'est levée et elle a pris le papier qui était sur le pupitre de Geoffroy, et puis elle a dit :

— Bravo, Agnan, bravo ! Je n'attendais pas ça de vous. Je vois que je m'étais trompée sur votre compte et que vous êtes aussi dissipé que vos camarades. Eh bien, sortez, nous verrons ça plus tard. En attendant, vous ne serez pas classé pour cette composition !

Agnan s'est roulé par terre, il a dit que personne ne l'aimait, que c'était de la faute à tout le monde, qu'il allait se plaindre à la police et qu'il allait mourir ; et puis, il est sorti.

Nous, on est restés tous là à regarder la porte avec des yeux ronds. Joachim derrière moi a dit tout bas :

— V'là mon vélo qui s'en va.

Et puis la maîtresse nous a dit de ne pas nous occuper de notre camarade et de continuer à rédiger notre composition et que, si elle en attrapait encore un à se dissiper, elle le mettrait en retenue.

Et quand le directeur est venu nous donner les résultats de la composition, il a dit qu'il n'avait jamais vu ça depuis les années qu'il travaillait dans l'enseignement.

On était tous derniers ex æquo !

Le bateau de Geoffroy

On s'est retrouvés au square, un tas de copains de l'école, parce que Geoffroy avait un nouveau bateau que lui avait offert son papa, qui est très riche et qui lui achète tout le temps des jouets. Geoffroy nous avait donné rendez-vous, à Rufus, à Eudes, à Alceste, à moi et à Clotaire, qui n'a pas pu venir parce qu'il est en retenue comme presque tous les jeudis ; mais les autres, on était tous là, après avoir promis à nos papas et à nos mamans qu'on allait essayer d'être sages et de ne pas faire de bêtises.

Le square, qui n'est pas loin de chez moi, est très chouette. J'y allais déjà, il y a des tas d'années, avec maman, quand j'étais tout petit comme la photo qui est sur la commode. Maman me promenait dans une petite voiture qui ne sert plus à rien, sauf à ramener des pommes de terre du marché quelquefois, et papa dit que peut-être, un jour, j'aurai un petit frère qui prendra la place des pommes de terre ; mais moi, je crois que tout ça, c'est des blagues. Dans le square, il y a une statue d'un monsieur fâché, assis à sa table en train

d'écrire avec une grande plume en pierre des choses qui n'ont pas l'air de lui plaire. Pour rigoler, une fois, Joachim est allé s'asseoir sur les genoux du monsieur et celui qui n'a pas rigolé, c'est le gardien, qui est venu en courant et qui a dit que Joachim était un petit sacripant. Le gardien, il grogne tout le temps, il a une grosse moustache, un grand bâton, un sifflet et il nous court souvent après en faisant des gestes avec son bâton ; mais il est gentil, parce qu'il ne donne jamais de coups avec son bâton et une fois il m'a offert un bonbon. Dans le square, il y a aussi des tas d'herbe et seuls le gardien et les oiseaux ont le droit de marcher dessus, un carré plein de sable où on ne va pas parce qu'on n'est plus des bébés et surtout, surtout, un bassin avec une fontaine au milieu. Un bassin où on peut jouer avec des bateaux et c'est pour ça qu'on y allait aujourd'hui, puisque Geoffroy avait un nouveau bateau que son papa, qui est très riche, lui a offert ; mais ça, je crois que je vous l'ai déjà dit.

Geoffroy est arrivé le dernier ; il fait toujours ça quand il a un nouveau jouet à nous montrer. Il aime bien qu'on l'attende, c'est énervant. Geoffroy avait une grosse boîte sous le bras, il l'a ouverte, et là-dedans il y avait le bateau. Terrible ! Un canot à moteur, rouge et blanc, avec un petit drapeau et une hélice et un gouvernail, et le gardien est venu voir le bateau ; il a dit qu'il était très beau et qu'il espérait qu'on allait s'amuser gentiment et nous on a dit qu'on ne ferait pas les guignols. Le gardien a dit « Bon, bon » et il est allé s'occuper d'un chien qui s'était assis sur l'herbe.

Et puis, on a vu l'autre bande. L'autre bande, c'est des types qui ne sont pas de la même école que nous et qui sont tous très bêtes et il nous est déjà arrivé de nous battre avec eux chaque fois qu'on se voit. L'autre bande s'est approchée de nous et un des types a demandé à Geoffroy ce qu'il avait dans la boîte. Geoffroy a refermé le couvercle et il a dit que ça ne le regardait pas.

— Bah ! Laisse-les, a dit un autre type, c'est sûrement une poupée.

Et tous les types de l'autre bande se sont mis à rire. Ça, ça ne nous a pas plu.

— C'est un bateau qu'il a, Geoffroy, voilà ce qu'il a, a dit Rufus.

— Ouais, un chouette bateau, j'ai dit.

— Vous n'en aurez jamais d'aussi beau, a dit Eudes.

Alceste n'a rien dit parce qu'il avait la bouche pleine de madeleines ; il y a une dame qui en vend au square et elle est toujours contente quand elle voit arriver Alceste, parce que c'est un très bon client.

— S'il est si beau que ça, le bateau, t'as qu'à nous le montrer, a dit un des types de l'autre bande, et il a voulu prendre la boîte de Geoffroy, mais Geoffroy n'a pas lâché la boîte et il a poussé le type de l'autre bande et le gardien est venu en courant et en donnant des coups de sifflet.

— Dites donc, les sacripants, il a crié le gardien, vous n'allez pas commencer à vous battre, parce que sinon, je vous emmène tous au commissariat à coups de bâton.

— Bah ! a dit Rufus, moi ça ne me gêne pas, mon papa est agent de police et il connaît le commissaire, alors...

Le gardien a dit que quand on a la chance d'avoir un papa agent de police, il faut donner l'exemple, qu'il nous avait à l'œil et il est parti parce que le

chien était revenu s'asseoir sur l'herbe avec un de ses copains.

Un des types de l'autre bande a dit qu'après tout, le bateau de Geoffroy ne les intéressait pas et qu'ils en avaient un meilleur et ça nous a fait rigoler. Les types de l'autre bande sont allés vers le bassin et nous on les a suivis pour voir leur bateau et continuer à rigoler. Quand on a vu le bateau, on n'a pas tellement rigolé parce que c'était un voilier formidable, avec des tas de mâts, de ficelles et de drapeaux.

— Peuh… a dit Geoffroy.

— Quoi, peuh ? Quoi, peuh ? a demandé un des types.

— Ouais, s'il est mieux que celui-là, montre-le voir un peu, ton bateau, a dit un autre des types.

Geoffroy n'avait pas tellement envie de le montrer son canot.

— Si je ne le montre pas, mon bateau, a dit Geoffroy, c'est pour pas vous faire honte.

Les types de l'autre bande se sont mis à rigoler, alors Geoffroy a poussé un des types, le plus petit. Le petit type s'est mis à pleurer en disant qu'on avait essayé de le jeter à l'eau ; alors, un autre type,

un grand celui-là, s'est approché de Geoffroy et il lui a dit :

— Essaye de me faire ce que tu as fait à mon petit frère.

— Ben quoi, ben quoi… a dit Geoffroy, et il faisait des petits pas en arrière.

— Vas-y Geoffroy, vas-y ! criait Rufus ; mais Geoffroy n'avait pas envie d'y aller.

Alors, le type a donné une gifle à Rufus qui a été tellement étonné qu'il a cessé de crier. Eudes, qui est très fort, a poussé le type qui est tombé sur Alceste, qui est tombé dans le bassin.

Alceste était assis dans l'eau en pleurant.

— Ma madeleine, il criait, ma madeleine est toute mouillée !

Les types de l'autre bande, ils ont hésité un petit moment et puis ils sont partis avec leur bateau. Nous, on essayait de sortir Alceste du bassin, mais c'était pas facile parce qu'il est lourd, Alceste. C'est le gardien qui est venu pêcher Alceste et il n'était pas content, le gardien ; il nous a dit que quand nos parents nous verraient arriver dans cet état, ils nous puniraient drôlement et que ça serait bien fait pour nous. On était très embêtés et je crois que je me serais mis à pleurer si Alceste n'avait pas été si rigolo, tout mouillé et fâché. Nous aussi on était mouillés, parce que Alceste avait beaucoup éclaboussé. Le seul qui était sec, c'était le bateau que Geoffroy n'avait pas sorti de sa boîte.

Nos papas et nos mamans nous ont punis. On a été privés de dessert, il y a eu des fessées et des claques et on nous a défendu de retourner au square jeudi prochain.

Et ça, ça nous a fait de la peine, parce qu'on s'amuse bien au square, avec le bateau de Geoffroy !

J'aide drôlement

Nous, c'est chouette, on va partir en vacances et toujours, avant de partir, maman dit qu'il faut ranger la maison, mettre des housses, enlever les tapis et les rideaux, mettre des tas de naphtaline, rouler les matelas et mettre des choses dans les placards et dans le grenier. Papa, il dit qu'il ne voit pas à quoi ça sert tout ça, puisqu'il faut tout remettre en place quand on revient, et maman lui répond que chez sa maman, on faisait toujours comme ça ; alors papa commence à parler de mémé, et puis maman elle dit que ce ne sont pas des choses à dire devant le petit et qu'elle va retourner chez sa pauvre mère, et papa dit bon, bon, qu'il va s'y mettre demain, mais il ne s'y met pas.

C'est pour ça que, ce matin, après que papa est parti travailler, maman a mis un grand tablier, un mouchoir sur la tête, et elle m'a dit :

— On va faire une surprise à papa : avant le déjeuner, nous allons ranger le salon et la salle à manger.

Moi j'ai dit chic, et que j'allais drôlement aider. Maman m'a embrassé, elle a dit que j'étais son grand garçon et que parfois elle se demandait si papa ne devrait pas prendre exemple sur moi. Elle m'a dit aussi de faire attention et d'essayer de ne pas faire de bêtises. J'ai promis que j'allais essayer.

Maman a pris la clef du grenier, et puis elle est allée chercher le sac de naphtaline.

— Et moi, qu'est-ce que je fais ? Et moi, qu'est-ce que je fais ? j'ai demandé.

— Toi, tu gardes la clef du grenier, m'a dit maman, et puis elle m'a embrassé de nouveau.

Nous sommes allés dans le salon et maman a commencé à mettre des boules de naphtaline sous les coussins du canapé et des fauteuils.

— Comme ça, les vilaines mites ne viendront pas manger le salon, m'a expliqué maman.

Il paraît que la naphtaline c'est terrible pour les mites, mais je ne sais pas très bien comment ça se passe. Alceste, un copain de l'école qui est très gros et qui mange tout le temps, m'a dit qu'à son avis, la naphtaline, ça leur faisait mal au ventre, aux mites. Lui, il a essayé une fois d'en manger, de la naphtaline, et il n'a pas pu l'avaler, il a fallu qu'il la recrache, et pour qu'Alceste recrache quelque chose, il faut que ce soit rudement mauvais. Pourtant, moi j'aime bien comment ça sent, la naphtaline, ça sent qu'on va partir en vacances. Papa, lui, il n'aime pas ça. Quand il commence à faire froid et qu'il sort son pardessus du placard, il se fâche parce qu'il dit que cette odeur tue peut-être les mites, mais qu'elle fait rigoler ses copains, et maman lui dit que ce serait plus grave si c'était le contraire.

Après le coup de la naphtaline, maman est allée chercher les housses pour couvrir les meubles.

— Et moi, et moi, je peux aider ? j'ai demandé.

Maman m'a répondu qu'elle aurait bientôt besoin de moi, et elle a commencé à mettre les housses, et ça, ça a été un drôle de travail, parce qu'il paraît que les housses avaient rétréci au lavage, et c'était dur de les passer sur les fauteuils, c'est comme la chemise bleue de papa, mais maman dit que c'est papa qui a grossi, et papa se met à rigoler et il dit qu'il ne grossit jamais du cou.

Maman, qui est formidable, a réussi à passer les housses, mais elle avait l'air assez fatiguée.

— Alors moi, qu'est-ce que je fais ? j'ai demandé.

— Tu vas me rendre la clef du grenier, m'a dit maman.

Alors moi, je n'ai pas trouvé la clef et je me suis mis à pleurer et j'ai dit qu'elle était peut-être tombée sur un fauteuil quand je regardais maman mettre de la naphtaline. Maman a fait un gros soupir, elle m'a embrassé, elle m'a dit que ça ne fait rien, mon chéri, elle a enlevé les housses, et puis moi j'ai retrouvé la clef dans ma poche, sous les billes, le mouchoir et le bout de ficelle. Maman n'a pas paru tellement contente que je l'aie retrouvée, la clef, et elle a remis les housses en disant des choses tout bas, et que je n'ai pas pu entendre.

— Et maintenant, qu'est-ce que je fais ? j'ai demandé.

Maman m'a dit que je monte dans ma chambre pour jouer gentiment, alors moi, j'ai recommencé à pleurer et j'ai dit que ce n'était pas juste, que je voulais aider, mais que personne ne faisait attention à moi, et puisque c'était comme ça, eh bien, je quitterais la maison et tout le monde me regretterait bien. Maman m'a dit « Bon, bon, ça va », et elle m'a dit que j'allais l'aider à pousser les meubles pour pouvoir enlever les tapis. Ça, ça a été un travail terrible, mais on s'en est bien tirés, même si j'ai cassé le vase bleu qui était sur le buffet, ce qui n'est pas grave parce qu'on a d'autres vases que je n'ai pas encore cassés. Les tapis, on les a roulés, et puis on les a mis dans l'entrée pour que papa puisse les ranger.

Maman est allée chercher l'escabeau pour décrocher les rideaux.

— Et moi, et moi, qu'est-ce que je fais ? j'ai demandé à maman.

— Toi, m'a dit maman, tu vas tenir l'escabeau pour que je ne tombe pas, m'a répondu maman.

Et puis, elle a regardé l'heure et elle est allée mettre le rôti dans le four pour qu'il soit prêt pour le déjeuner. Alors moi, j'ai décidé de faire une grosse surprise à maman, et je suis monté sur l'escabeau pour décrocher les rideaux. Mais comme je suis encore un peu petit, il a fallu que je mette deux dictionnaires sur l'escabeau. Après les dictionnaires, ça allait très bien, mais tout d'un coup, j'ai entendu maman crier :

— Nicolas ! Veux-tu descendre de là tout de suite !

Alors, ça m'a secoué, comme Clotaire quand la maîtresse le réveille en classe, et je suis tombé avec le rideau et la tringle. Je ne me suis pas fait très mal, mais je me suis mis à pleurer quand même, comme ça maman ne me gronde pas et elle me dit « Allons, allons, ce n'est qu'un tout petit bobo », et ça a bien marché, et maman m'a emmené dans la salle de bains, elle m'a mis de l'eau sur la tête, elle m'a embrassé et elle m'a dit que je l'avais assez aidée, mais moi, je voulais continuer.

Maman a fini d'enlever les rideaux, et puis je l'ai aidée à les mettre dans la grande malle du grenier, et tout s'est très bien passé, sauf le doigt que je me suis pincé avec le couvercle de la malle, et là, j'ai pleuré pour de vrai parce que ça faisait drôlement mal, et ce n'était pas un tout petit bobo, comme m'a dit maman, pendant qu'elle me mettait un bandage. C'est vrai, ça, à la fin !

— Bon, a dit maman, tout est prêt. Maintenant, jusqu'au départ, nous prendrons nos repas dans la cuisine.

Et puis, nous sommes sortis nous reposer dans le jardin et attendre papa. Maman avait l'air très fatiguée, c'est vraiment une chance que j'aie été là pour l'aider.

— C'est papa qui va être surpris quand il saura que nous avons tout rangé ! a dit maman.

Et puis on a vu arriver papa. Et la surprise, c'est papa qui nous l'a faite, parce que quand il est entré dans le jardin, il a dit :

— Chérie, ce soir il faut mettre les petits plats dans les grands. Mon patron et sa femme viennent dîner !

Et quand j'ai dit à maman que j'allais l'aider à tout remettre en place, elle s'est mise à pleurer.

Nicolas et Blédurt

Papa et maman devaient aller en visite, alors, papa est allé parler à M. Blédurt, notre voisin :

— Blédurt, lui a dit papa, nous devons sortir et je ne veux pas que Nicolas reste seul. Peux-tu le garder deux heures environ ?

M. Blédurt a été très gentil, il a dit qu'il profiterait de l'occasion pour faire un peu mon éducation. Ça n'a pas plu à papa, qui a dit à M. Blédurt que j'étais mieux élevé que lui et qu'il ne lui demandait pas de me faire un cours mais de me garder.

— Je ne sais pas ce qui me retient de te donner une leçon, à toi, a dit M. Blédurt.

— La frousse, a répondu papa.

Ils étaient en train de se pousser un peu l'un l'autre pour s'amuser quand maman est venue dire à papa qu'il était temps de sortir.

— Sois gentil avec M. Blédurt, et montre-lui que tu es bien élevé, m'a dit papa en partant.

Je suis resté seul avec M. Blédurt, qui m'a dit de venir dans son jardin et qui m'a promis qu'on allait bien s'amuser. Il m'a dit aussi qu'il avait un ballon de football. Ça, je le savais, parce qu'une fois

M. Blédurt a envoyé son ballon dans notre jardin et papa ne voulait pas le lui rendre, pour le taquiner.

Moi, j'étais content de jouer au football, mais j'ai moins aimé quand M. Blédurt m'a dit de me mettre entre les deux arbres devant sa maison, comme gardien de but. Gardien de but, ce n'est pas mon fort, je suis mieux comme avant-centre. Mais M. Blédurt m'a dit qu'il ne voulait pas que je casse quelque chose, que c'était lui qui allait shooter et qu'il allait me montrer comment il faut faire. Comme papa m'avait dit d'être bien élevé, je n'ai pas protesté et je suis allé me mettre entre les arbres.

Il shoote bien, M. Blédurt. Il a envoyé un shoot terrible et c'est une veine que le ballon ait tapé contre un arbre, moi je ne l'aurais jamais arrêté ! Le ballon venait très fort, la preuve, c'est qu'il a rebondi contre l'arbre et puis qu'il est passé par une fenêtre de la maison de M. Blédurt et, comme la fenêtre était fermée, elle s'est cassée. M. Blédurt est resté sans bouger, il regardait la fenêtre, la bouche ouverte. Je me suis approché de lui et il a mis sa bouche de côté et il a parlé très vite :

— Nicolas, un paquet de caramels pour toi si tu dis à ma femme que c'est toi qui as envoyé le ballon.

J'aime bien les caramels, mais j'ai dit que ce n'est pas bien élevé de mentir. M. Blédurt a poussé un gros soupir, Mme Blédurt est sortie de la maison avec le ballon sous le bras, comme si elle venait jouer au football avec nous, mais elle voulait simplement parler avec M. Blédurt. Ils se sont écartés et moi j'ai attendu qu'ils aient fini.

M. Blédurt m'a appelé et il m'a dit qu'il valait mieux qu'on entre dans la maison. On allait goûter et jouer à autre chose.

Après le goûter (il y avait des meringues), M. Blédurt m'a dit qu'il m'apprendrait à jouer aux dames. Il m'a montré et, comme papa m'a dit d'être bien élevé, je ne lui ai pas dit que je savais déjà. Nous avons joué quatre parties et, après que je les ai gagnées, M. Blédurt a décidé qu'on allait jouer à cache-cache.

— C'est toi qui t'y colles et jusqu'au retour de ton père, tu n'es pas près de me retrouver, m'a dit M. Blédurt.

Il avait l'air très décidé. Alors moi, je me suis tourné contre le mur et j'ai commencé à compter « Un, deux, trois, quatre… », comme ça jusqu'à cent.

À soixante-dix, j'ai entendu un grand bruit. Après avoir compté, je suis allé voir là d'où venait le bruit, c'était du côté de la porte de la cave et, d'en bas, M. Blédurt faisait :

— Ouille, ouille, ouille.

Je n'ai rien dit et je suis allé ailleurs dans la maison.

C'est Mme Blédurt qui a sorti M. Blédurt de la cave. M. Blédurt était tout sale et il avait mal à une cheville. Il paraît qu'il avait glissé dans l'escalier en allant se cacher vite avant que je compte jusqu'à cent.

Quand M. Blédurt m'a vu, il m'a demandé pourquoi je n'étais pas venu le chercher tout de suite, quand je l'ai entendu crier, alors moi, je lui ai répondu que je croyais qu'il criait pour m'aider à savoir où il était et que, comme papa m'avait dit d'être bien élevé, je ne voulais pas le trouver trop vite pour ne pas le vexer.

C'est à ce moment que papa et maman sont venus me chercher.

Papa a été surpris de voir M. Blédurt un peu malade et M. Blédurt a dit à papa :

— Je suis victime de l'éducation rigide et rétrograde que tu as donnée à ton fils.

En revenant à la maison, j'ai demandé à papa ce que ça voulait dire ce que lui avait dit M. Blédurt. Papa m'a dit de ne pas faire attention, que M. Blédurt était un comique et puis papa m'a embrassé et il m'a acheté des tas et des tas de caramels.

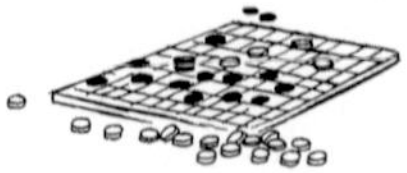

Les ouvriers

Des hommes sont venus aujourd'hui faire un trou dans la cour de récréation, à l'école. Ils faisaient un bruit terrible avec des machines qui sont comme des mitrailleuses et la maîtresse devait crier pour nous empêcher d'aller aux fenêtres voir ce qui se passait. Un qui était content, c'est Clotaire, parce qu'il a été interrogé, et comme la maîtresse n'a pas entendu ce qu'il disait, elle lui a mis un 4, ce qui est sa meilleure note du trimestre. Et puis, le directeur est venu.

— Ce bruit doit vous déranger pour faire la classe, mademoiselle, il a dit à la maîtresse.

— C'est affreux, Monsieur le directeur, a dit la maîtresse, on ne s'entend plus.

— Je sais, je sais, a dit le directeur ; j'ai demandé à l'administration intéressée de retarder les travaux jusqu'aux grandes vacances, mais il paraît que c'est urgent. Ils réparent des conduites de gaz qui passent sous la cour. Enfin, courage, ils n'en ont que pour quelques jours.

Et puis il est parti.

Nous, on attendait avec impatience la récré, pour

voir les hommes travailler. Quand la cloche a sonné, même nous, on a eu du mal à l'entendre ! Nous sommes descendus en courant dans la cour et, dans la cour, nous avons vu des hommes qui avaient mis des cordes autour d'un long trou qu'ils étaient en train de faire avec leurs mitrailleuses.

— Regardez-moi bien dans les yeux, vous tous, nous a dit le Bouillon, notre surveillant. Je ne veux pas que vous passiez de l'autre côté de ces cordes ; vous risqueriez un accident. Ne vous approchez pas des ouvriers, compris ? Rompez !

Et il est allé s'occuper d'un grand qui était en train de donner des gros coups de poing à un moyen.

Nous, on s'est approchés des ouvriers.

— C'est quoi votre mitrailleuse, là ? a demandé Joachim.

— C'est un marteau pneumatique, tu veux essayer ? a dit l'ouvrier en rigolant.

— D'accord, a dit Joachim en passant sous la corde.

— Hé ! a dit l'ouvrier, veux-tu rentrer dans ta niche !

— Ben quoi, a dit Joachim, vous m'aviez dit que je pourrais m'en servir, de votre machin !

— Ouais ! Pourquoi lui et pas moi ? a demandé Clotaire.

— Parce que toi, tu ne saurais pas, a répondu Geoffroy, et Joachim non plus, vous êtes des idiots !

— Laissez-moi essayer à moi, m'sieur ! Laissez-moi ! a crié Maixent.

— Non ! À moi ! J'étais le premier ! a crié Eudes.

— Ce que tu peux être menteur, j'ai dit ; tu étais derrière moi !

— Oh ! Pastucci ! T'es pas là pour jouer avec les gosses, t'es là pour travailler ! a crié un autre monsieur.

— Moi, je joue avec les gosses ? a demandé M. Pastucci.

— Vous ! Qu'est-ce que vous faites tous là, de l'autre côté des cordes ? Je vous l'avais défendu ! Allez jouer ailleurs ! a crié le Bouillon.

On est partis, pendant que M. Pastucci parlait avec l'autre monsieur en agitant son marteau pneumatique.

— Oh ! Dis donc, viens voir, m'a dit Alceste, ils ont allumé du feu !

Je suis allé avec Alceste, parce que c'est vrai, on a fait des tas de choses dans la cour de récré, mais du feu, jamais. Sur le feu, il y avait des tas de petites casseroles et ça sentait drôlement bon. Alceste, il se passait la langue sur les lèvres tout en mangeant son petit pain beurré.

— Ça te plaît, le ragoût ? a demandé un monsieur qui s'occupait du feu.

— Méfie-toi, Mohammed ! a crié M. Pastucci, qui a arrêté son marteau pneumatique pour nous écouter.

— Je vous change votre ragoût contre un petit pain beurré, a dit Alceste.

— Tu m'en laisseras goûter un peu ? a demandé Rufus.

— Non, monsieur, a dit Alceste ; si tu veux manger du ragoût à la récré, t'as qu'à demander à ta maman de t'en donner !

— C'est une gifle que je vais te donner, oui ! a crié Rufus.

— Allez jouer loin des gamelles, a dit M. Mohammed, qui avait l'air embêté, pendant que, plus loin, M. Pastucci rigolait.

Celui qui ne rigolait pas, c'était le Bouillon, qui est arrivé en courant.

— Mais, c'est incroyable ! il a crié, le Bouillon. Combien de fois faudra-t-il que je vous dise de ne pas venir ici ? Je vais sévir !

— Dites, a demandé M. Pastucci, ça vous embêterait beaucoup de faire la classe plus loin et de nous laisser travailler tranquilles ?

— Que... Quoi ? a dit le Bouillon en ouvrant des yeux tout grands.

— Ouais, a dit l'homme, on a du travail, nous !

— Et moi, a crié le Bouillon, vous croyez que je m'amuse ? Non, mais, sans blague !

— Ouais ! a dit Alceste, qui n'était pas content parce qu'il avait l'air vraiment fâché.

Alors on est partis pour ne pas faire d'histoires.

— Si on jouait à la balle au chasseur ? a demandé Eudes.

Nous, on a été d'accord, parce que c'est un chouette jeu. Celui qui a la balle est le chasseur, et il doit la jeter contre les autres. Les autres, quand ils reçoivent la balle, et surtout si c'est Eudes qui la jette, se mettent à pleurer et ils veulent se battre avec le chasseur, et après ils deviennent chasseurs à leur tour et tout le monde crie, c'est terrible. On s'est tous mis à jouer, sauf Agnan, qui ne joue jamais avec nous parce qu'il repasse ses leçons, et Alceste, qui était toujours fâché à cause du ragoût qu'il n'avait pas eu et qui disait que puisque c'était comme ça, demain, il apporterait une choucroute pour la récré.

Et puis, Geoffroy, qui était chasseur et qui saignait du nez, a jeté la balle très fort, et elle est allée tomber dans le trou que faisaient les ouvriers. On est allés la chercher, la balle, mais M. Pastucci n'était pas content. Il s'est arrêté de faire la mitrailleuse avec son marteau pneumatique et il a crié :

— Non ! Non ! Non ! Ne venez pas ici !

Et puis, il a vu que Clotaire, Rufus et Eudes étaient dans le trou.

— Voulez-vous sortir de là tout de suite ! a crié M. Pastucci.

— On cherche la balle, j'ai expliqué. Vous l'avez pas vue ?

— La voilà ! a crié Clotaire.

— Donnez-moi cette balle ! a crié M. Pastucci.

Il avait l'air tellement fâché que Clotaire lui a donné la balle. Alors, M. Pastucci a fait des tas de gestes avec le bras, comme pour jeter la balle très loin. Mais il ne l'a pas lâchée, la balle, parce que le monsieur qui l'avait déjà grondé est arrivé en courant.

— Mais tu deviens dingo, Pastucci ! il a dit, le monsieur.

— Dingo, moi ? a demandé M. Pastucci, qui a cessé de faire des gestes.

— Voilà que tu joues à la balle avec les gosses maintenant ? a dit le monsieur.

— Ouais, rendez-nous notre balle ! a crié Eudes.

— Mais vous allez me rendre fou ! a crié le Bouillon. Combien de fois faudra-t-il que je vous dise...

— Faites votre boulot, a crié le monsieur ; vos gosses empêchent mes hommes de travailler !

— Qu'est-ce qui se passe ici, le Bouil..., monsieur Dubon ? a demandé le directeur, qui était arrivé.

Nous, on est allés jouer plus loin pour ne pas déranger le Bouillon, le directeur et les ouvriers qui se criaient des tas de choses. Ça a été très chouette, on a eu cinq minutes de récré en plus. Ce qui est dommage, c'est qu'à la récré suivante les ouvriers n'étaient plus là.

Il paraît qu'ils ont dit qu'ils reviendraient finir leur travail pendant les grandes vacances. Et ils n'ont même pas rebouché le trou qu'ils avaient fait dans la cour !

Les brioches

On a décidé ça samedi soir. M. et Mme Blédurt étaient venus à la maison prendre le café après dîner. M. Blédurt, c'est notre voisin ; il est très chouette et il aime bien taquiner papa. Mme Blédurt, c'est sa femme.

— Tu sais, a dit M. Blédurt à papa, que nous commençons à prendre de la brioche ?

— Nous ? a crié papa. Parle pour toi, mon gros !

— C'est quoi, prendre de la brioche ? j'ai demandé.

— La brioche, c'est ça, a dit M. Blédurt en montrant le ventre de papa.

— Ouais, ça, ça serait plutôt un énorme saint-honoré, a dit papa, en montrant le ventre de M. Blédurt.

— Non, blague à part, a dit M. Blédurt. Tu sais, avec la vie idiote qu'on mène, on devient gras et mous. Mon docteur m'a dit qu'on arrive à un âge où il ne faut pas se laisser aller.

— Ça, il a raison, votre docteur, a dit maman.

— Eh oui, mon vieux, a dit papa, tu ne rajeunis pas.

— Mon docteur a dit que je devrais faire un peu de sport, a expliqué M. Blédurt. Me lever de bonne heure le matin, aller courir dans les bois, des trucs comme ça. Tu devrais venir avec moi.

— T'es pas un peu malade ? a demandé papa.

— Oh ! Bien sûr, a dit M. Blédurt, je comprends que le sport, ce n'est pas à la portée de tout un chacun.

— Quoi ? a crié papa. Tu sais combien je valais au 100 mètres ?

— Avec vent favorable, une dizaine de minutes, à vue de nez, a répondu M. Blédurt.

— Ah oui ? a dit papa. Eh bien, je vais te montrer ! D'accord, j'irai avec toi ; nous verrons lequel de nous deux est le plus sportif ! Et puis, sérieusement, je crois que tu as raison ; on s'encroûte, on se rouille.

— Parfait, a dit M. Blédurt. On part demain matin, très tôt, à jeun. On va courir au bois. Tu verras, ça nous fera le plus grand bien.

— Moi aussi, je vais y aller ! j'ai dit.

— Tu ne pourras pas nous suivre, mon lapin, a dit M. Blédurt. Nous allons nous donner à fond, sinon, ce n'est pas la peine. Et puis, je ne crois pas que tu aies tellement besoin de faire de l'exercice le dimanche ; j'ai l'impression qu'à l'école, les jours de semaine, tu te dépenses pas mal si j'en crois ce qu'on raconte.

— Moi, je veux aller avec vous pour ne pas avoir des brioches ! j'ai dit.

Alors, tout le monde a rigolé. Maman a dit qu'on emmène le petit, qu'après tout ça ne lui ferait pas de mal de prendre un peu l'air, et puis que, comme ça, elle ne l'aurait pas dans les jambes demain matin, qu'elle voulait justement faire le ménage à fond, et papa et M. Blédurt ont dit que bon, d'accord, et qu'il n'était jamais trop tôt pour mener une vie saine. Et puis, papa et M. Blédurt ont allumé des gros cigares, maman leur a servi des liqueurs, et moi je suis allé me coucher, parce qu'il était très tard.

Quand je me suis réveillé ce matin, il n'y avait pas de bruit dans la maison, et j'ai eu peur que papa soit parti sans moi. Mais maman est entrée dans ma chambre et elle m'a dit que je ne fasse pas de bruit, que papa dormait encore et qu'il s'était couché très tard, à cause des Blédurt.

J'étais en train de prendre mon petit déjeuner dans la cuisine quand papa est entré, en pyjama, tout dépeigné et pas rasé, et il a demandé à maman de lui donner quand même un café au lait et un morceau de croissant.

— Dépêche-toi, Nicolas, m'a dit papa, parce que quand je serai prêt, je ne t'attendrai pas !

Après sa deuxième tartine (papa prend toujours deux tartines le matin), papa est allé faire sa toilette, et il a mis son gros pull-over et le pantalon gris qu'il porte à la maison.

M. Blédurt finissait son petit déjeuner quand nous sommes arrivés chez lui. Il était rigolo comme tout, avec un drôle de gros costume en laine bleue.

— Tu devrais t'acheter un survêtement, toi aussi, a dit M. Blédurt à papa. Autant faire les choses en règle.

— Bon, on y va, Jazy ? a demandé papa.

— D'accord, a dit M. Blédurt. On prend ma voiture ?

Nous sommes sortis de sa maison et papa l'a aidé à ouvrir la porte de son garage.

— Tu en es toujours content ? a demandé papa.

— Ben oui, a répondu M. Blédurt. Mais l'autre jour, j'ai eu du mal à démarrer. C'est pas la batterie, pourtant, ça j'en suis sûr.

— Tu as regardé la pompe à essence ? a demandé papa.

— La pompe à essence ? Non, pourquoi ? a dit M. Blédurt.

— J'ai eu le même ennui, a expliqué papa, et c'était la pompe à essence. Il y a un truc qui se coince. Tu vas voir. Ouvre le capot.

M. Blédurt a ouvert le capot de la voiture et il s'est penché dans le moteur avec papa. Ils étaient en train de regarder depuis un moment, et puis Mme Blédurt est entrée dans le garage.

— Comment ? elle a dit. Vous êtes encore là ?

— Nous partons, a dit M. Blédurt. Il n'y a rien qui presse, faut pas exagérer, tout de même ! On va faire du sport, pas battre des records !

Nous nous sommes mis dans l'auto, papa et M. Blédurt devant et moi derrière. L'auto, elle a très bien démarré.

— Ferme cette glace, Nicolas ! m'a dit papa. Il fait un froid de canard !

— Une chose de bien, avec cette bagnole, a dit M. Blédurt, c'est le chauffage ; tu vas voir !

On roulait, comme ça, tout doucement vers le bois, il faisait drôlement bon dans l'auto, et papa a dit qu'il fallait avouer que ça faisait du bien de sortir comme ça le matin, respirer l'air frais, au lieu de traîner bêtement au lit.

— Mais bien sûr ! a dit M. Blédurt.

Dans le bois, il y avait pas mal d'autos, et M. Blédurt a dit qu'on allait choisir un coin tranquille pour s'arrêter et pour faire du sport sans être dérangés.

— On n'a qu'à laisser la voiture n'importe où et on s'enfoncera dans le bois par les sentiers, a dit papa.

M. Blédurt a dit que c'était une bonne idée et il a arrêté son auto juste derrière la petite voiture d'un marchand de marrons.

— Je vous offre des marrons, a dit M. Blédurt.

— T'es pas un peu fou ? a dit papa. C'est moi qui les offre !

Ils se sont disputés en rigolant, et puis nous avons marché dans le bois, chacun avec un gros cornet de marrons bien chauds, vous ne pouvez pas savoir comme c'est bon ! Moi, j'aime bien sortir avec papa, parce qu'il me paie tout le temps des choses..

En marchant, comme ça, nous sommes arrivés devant une baraque où c'était marqué : BUVETTE.

— Tu sais que ces marrons m'ont donné soif ? a dit M. Blédurt.

— Ça tombe bien, a dit papa. Il est apéritif moins cinq !

C'était très chouette. Papa et M. Blédurt ont pris des apéritifs, moi j'ai eu une grenadine — j'aime bien la grenadine parce que c'est rouge — et M. Blédurt m'a donné de l'argent pour acheter des cacahuètes à la machine.

Comme papa et M. Blédurt parlaient de leurs autos, je suis sorti pour jouer un peu, et c'est dommage que je n'aie pas pensé à apporter mon ballon de foot.

Et puis papa et M. Blédurt sont sortis de la buvette, et papa m'a dit :

— Nicolas ! Il est tard ! On rentre !

— Allez, Nicolas ! Un sprint jusqu'à la voiture ! a crié M. Blédurt. Prêts ? Partez !

Je suis parti en courant. Je suis très fort pour courir ; à la récré, personne ne me bat, sauf Maixent, mais lui, ça ne vaut pas, parce qu'il a des jambes très longues. J'étais drôlement fier, parce que je suis arrivé le premier de tous à l'auto.

Comme les portes étaient fermées à clef, je n'ai pas pu entrer, et j'allais retourner chercher papa et M. Blédurt quand je les ai vus arriver, en discutant de leurs pompes à essence.

— Eh bien, a dit maman quand nous sommes rentrés à la maison, je commençais à être inquiète. C'est qu'il est tard ! Pour une première fois, vous avez peut-être un peu abusé.

— Tu sais, a dit papa, Blédurt a raison. Pour lutter contre la brioche et le ramollissement, il ne faut pas se laisser aller. C'est un peu fatigant, d'accord, mais ça fait un bien énorme. On va tâcher d'avoir le courage de recommencer tous les dimanches.

Et on a eu un déjeuner drôlement chouette, avec du poulet et des tas de pommes de terre, et puis papa est monté faire la sieste jusqu'au goûter.

Rugby à XV

Avec les copains, nous avions rendez-vous dans le terrain vague, cet après-midi, parce que Geoffroy a dit qu'il avait une surprise terrible pour nous. Il n'a pas voulu nous dire ce que c'était parce que Geoffroy aime bien faire des mystères ; il est énervant pour ça.

Quand nous sommes arrivés, Geoffroy n'était pas encore là, et puis il est venu le dernier — il le fait exprès — et il nous a montré la surprise : un ballon de rugby !

— C'est mon père qui me l'a donné pour m'encourager à ne plus être avant-dernier en grammaire, nous a expliqué Geoffroy, qui a un papa très riche qui lui donne tout le temps des tas de choses, parce que Geoffroy a toujours besoin d'être encouragé.

— Chouette ! j'ai dit, on va jouer au rugby !

— Mais je ne sais pas jouer au rugby, a dit Clotaire. Moi, j'aime le foot et le vélo, mais le rugby, j'ai jamais su.

— On t'expliquera, a dit Joachim, c'est facile.

— On joue au rugby à quinze ou au rugby à treize ? a demandé Maixent.

— Au rugby à quinze ; c'est le plus chouette, a dit Rufus.

— Mais nous ne sommes que huit, a dit Eudes.

— Ben on s'arrangera, a dit Geoffroy ; les demis joueront trois-quarts aussi.

— Quinze, treize, huit, demis, trois-quarts, a dit Clotaire, c'est de l'arithmétique, votre truc !

Et nous on a tous rigolé, et Clotaire était content, parce qu'il aime bien faire rigoler les copains, même quand il ne le fait pas exprès.

— Alors moi, a demandé Alceste, je vais être demi ou trois-quarts ?

— Toi, a dit Rufus, tu serais plutôt le double que le demi ou le trois-quarts !

Et nous on a tous rigolé de nouveau, sauf Alceste, qui n'aime pas tellement qu'on fasse des blagues parce qu'il est gros, et Clotaire, qui n'a pas compris.

— C'est quoi, un double ? il a demandé, Clotaire.

Alors, Geoffroy a dit qu'il ne fallait pas perdre de temps à parler et qu'on se mette vite à jouer.

— Cette fois-ci, on ne va pas faire les guignols pour choisir les équipes, a dit Eudes. Moi, je prends Nicolas, Alceste et Geoffroy. Les autres, arrangez-vous.

— D'accord, a dit Geoffroy. Mais c'est moi qui les prends, puisque le ballon est à moi.

— Tu veux prendre mon poing sur le nez ? a demandé Eudes, qui a commencé à secouer Geoffroy en le tenant par le devant de son pull-over.

— On joue déjà ? a demandé Clotaire.

Rufus n'était pas content d'avoir Clotaire dans son équipe, puisque Clotaire ne savait pas jouer, et Joachim ne voulait pas jouer avec Maixent, parce qu'il est fâché avec Maixent, depuis que Maixent lui a gagné des billes, et Maixent préférerait jouer dans l'équipe d'Eudes, parce que Eudes est très fort, et, au rugby, c'est important, et Geoffroy, quand Eudes l'a lâché, il a dit que s'il ne pouvait pas être capitaine, il ne voulait plus d'Eudes dans son équipe, et Alceste a dit que si Rufus ne retirait pas ce qu'il avait dit, il ne jouerait avec personne ; mais finalement, nous nous sommes arrangés.

— Bon, a dit Geoffroy. Un but, c'est entre l'auto et la casserole, là-bas ; et l'autre, c'est entre les pierres et les boîtes. Il faut tracer les lignes de 22 mètres.

Alors, avec le talon, Rufus a tracé une ligne.

— Ça, c'est nos 22 mètres, il a dit.

— Et où est-ce que t'as vu que ça faisait 22 mètres, ça ? a demandé Alceste.

— Toi, le double, on ne t'a pas sonné, a dit Rufus. Ça, c'est nos 22 mètres à nous ; vous n'avez qu'à faire vos 22 mètres où vous voudrez, non, mais sans blague.

— C'est quoi, les 22 mètres ? a demandé Clotaire. On dirait de l'arithmétique, votre truc.

Mais, cette fois-ci, Clotaire a été un peu déçu parce que personne n'a rigolé ; il faut dire qu'on était occupés à regarder Alceste, drôlement fâché, qui est allé voir Rufus et qui lui a dit :

— Je suis pas le double, t'as compris ?

— Moi, je veux bien jouer le double, si vous voulez, a dit Clotaire.

Et là, on s'est mis à rigoler, et Clotaire était tout fier.

Pour l'arbitre et les juges de touche, on a décidé qu'on s'arrangerait très bien. Le premier qui verrait

DUBO
DU

CYCLES

une irrégularité préviendrait les autres, et pour les touches, on a promis de ne pas tricher.

— Ça va pas être facile pour tout le monde de ne pas tricher, a dit Joachim.

— C'est pour moi que tu dis ça ? a demandé Maixent. Parce que si c'est pour moi, il faut le dire.

— Je ne le dis pour personne, a répondu Joachim. Mais il faudrait pas qu'il y en ait qui jouent au rugby de la même façon qu'ils jouent aux billes !

— Qu'est-ce que ça a à voir, le rugby et les billes ? a demandé Clotaire.

— On t'expliquera, a dit Geoffroy. Allez, on commence à jouer.

Alors, on s'est mis au milieu du terrain vague et Geoffroy a donné le coup d'envoi ; mais il n'a pas tapé assez fort, le ballon a roulé et Rufus l'a ramassé.

— Coup franc ! a crié Clotaire.

— Quoi, coup franc, imbécile ? a demandé Eudes.

— Ben oui, a dit Clotaire. On a dit que le premier qui verrait une faute préviendrait les autres. Et il y a eu main, Rufus a touché le ballon avec ses mains !

— Mais qu'est-ce que tu regardes à la télé, chez toi ? a demandé Geoffroy. Tu ne sais pas qu'au rugby on a le droit de toucher le ballon avec les mains et avec les pieds ?

— Ah ! Ben alors, c'est trop facile ! a dit Clotaire.

— Hé, les gars ! a crié Joachim. Maixent m'a plaqué ! Pénalité ! Je n'avais pas le ballon !

— Pénalité contre qui, imbécile ? a crié Maixent. Nous sommes dans la même équipe ! Et si j'ai envie de te plaquer, je te plaquerai, avec ou sans ballon !

— Joachim a raison, a dit Eudes. Nous allons jouer la pénalité contre vous, puisqu'il y a eu faute grave dans votre équipe.

— Pénalité, c'est un penalty ? a demandé Clotaire.

Joachim et Maixent se sont mis à crier, à se traiter de tricheurs et à dire qu'ils se plaqueraient même en jouant aux billes, et Geoffroy a dit que s'ils continuaient comme ça, il ferait expulser les deux joueurs, et qu'on ne resterait plus que six sur le terrain, mais que tant pis, qu'il aimait mieux ça que de laisser le jeu dégénérer dans la brutalité.

— Ça, je l'ai entendu une fois à la télé ! a crié Clotaire, tout content de faire des progrès en rugby..

Alors, Maixent et Joachim ont cessé de se battre, parce qu'ils ne voulaient pas être expulsés du terrain, et on a décidé de faire une mêlée. On a dû recommencer plusieurs fois, parce que la première fois, on s'est tous mis dans la mêlée et il n'y avait personne pour introduire le ballon, et la deuxième fois, Alceste, qui était sorti de la mêlée, a refusé d'introduire le ballon tant que Rufus continuerait à lui faire des grimaces.

Et puis, Geoffroy a talonné le ballon, et Clotaire l'a ramassé.

— Qu'est-ce que j'en fais ? Qu'est-ce que j'en fais ? a demandé Clotaire.

— Botte en touche ! Botte en touche ! a crié Rufus. Donne un coup de pied ! Vite, imbécile !

Alors, Clotaire a fermé les yeux et il a donné un coup de pied terrible, et même si Eudes a dit qu'il y avait eu un en-avant, il a trouvé une touche formidable, Clotaire.

Ce qui est dommage, c'est qu'en trouvant la touche on a perdu le ballon, parce qu'il est passé de l'autre côté de la palissade. On a entendu un grand cri dans la rue et nous sommes tous partis en courant.

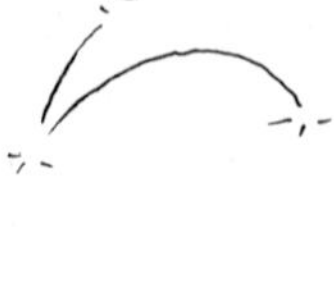

On a eu du cinéma

Aujourd'hui, à l'école, on a eu du cinéma !

La maîtresse nous a fait descendre dans la grande classe ; là où l'on fait la distribution des prix. Il y avait des tas de chaises en rang ; en face des chaises, sur l'estrade, on avait mis un écran de cinéma, un vrai, et au fond, derrière, sur une table, il y avait un appareil de cinéma. M. Bouffidon, qui est professeur des grands, s'occupait de l'appareil. Nous sommes arrivés les derniers, les autres classes étaient déjà là. Comme nous sommes les petits, on nous avait laissé les deux premiers rangs de chaises. Le Bouillon, c'est le surveillant, était en train de fermer les persiennes et on avait allumé les lumières de la classe.

Et puis, le directeur est venu et il s'est mis devant l'écran.

— Mes enfants, notre cher professeur de géométrie dans l'espace a fait, pendant ses vacances, un grand voyage. Toujours soucieux de l'intérêt pédagogique de ses expériences personnelles, M. Bouffidon a tourné un film, qu'il va avoir la bonté de nous projeter et de nous commenter. Je pense que vous vous joindrez à moi pour remercier M. Bouffidon du grand plaisir qu'il nous fait. Plaisir instructif qui lie l'utile à l'agréable, et je profite de l'occasion pour prévenir les élèves qui voudraient se dissiper pendant cette séance que je les punirai avec la dernière sévérité. Compris, les petits ? Bien, nous pouvons commencer, M. Bouffidon.

— Pas encore, a dit M. Bouffidon, je... Je ne connais pas bien cet appareil que nous avons loué, et je n'arrive pas à passer le film.

— Si vous voulez, a dit Geoffroy, je peux vous donner un coup de main ; à la maison, mon papa a un appareil comme celui-là, en mieux.

— Silence, Geoffroy, a dit la maîtresse, sinon je vous fais sortir !

— Bon, a dit M. Bouffidon, ça va aller, on peut éteindre.

— Éteignez, monsieur Dubon, je vous prie, a dit le directeur ; et le Bouillon a éteint la lumière, et puis sur l'écran on a vu un bateau à l'envers, avec des tas de gens qui marchaient sur la tête.

Dans la classe, ça a commencé à rigoler, et M. Bouffidon a demandé au Bouillon de rallumer, et puis il a arrêté le film.

— Je vous prie de m'excuser, Monsieur le directeur, a dit M. Bouffidon, qui avait l'air nerveux, je ne suis vraiment pas familier avec cet appareil.

— Je vous en prie, a dit le directeur.

— Moi, je peux vous l'expliquer, a dit Geoffroy, à la maison...

— Allez vous mettre au piquet à côté de l'écran ! a crié le directeur, et Geoffroy y est allé.

M. Bouffidon s'est gratté la tête, et puis il a parlé à l'oreille du directeur, qui a appelé Geoffroy, et

Geoffroy, il est terrible, il a montré à M. Bouffidon comment il fallait faire pour mettre le film à l'endroit.

— C'est bien, a dit le directeur à Geoffroy, allez vous rasseoir avec vos petits camarades.

Geoffroy est revenu, drôlement fier, mais il s'est fâché tout de suite, parce que Clotaire avait pris sa place.

— Mademoiselle, a dit Geoffroy, Clotaire a profité qu'on ait besoin de moi pour faire marcher le cinéma pour prendre ma place.

— T'as qu'à t'asseoir au bout de la rangée, crâneur ! a crié Clotaire.

— Ces deux élèves au piquet, un de chaque côté de l'écran, a dit le directeur.

— Heu... Monsieur le directeur, a dit M. Bouffidon, vous pourriez mettre le petit là, au piquet, à côté de moi ; il a l'air de bien connaître cet appareil.

Geoffroy et Clotaire sont allés au piquet, et puis le Bouillon a éteint la lumière.

On a vu le bateau de nouveau, mais dans le bon sens, c'était moins drôle, et puis M. Bouffidon a toussé et il a dit :

— Je me suis embarqué à Marseille, sur un paquebot à destination de l'Italie, de la Grèce et si vous continuez à faire des ombres chinoises sur l'écran, j'arrête le film !

C'était un grand qui faisait le guignol ; avec ses mains, il faisait le lapin et le cheval, drôlement bien, le cheval surtout.

— Rallumez, monsieur Dubon, a crié le directeur ; que le coupable se dénonce.

Le Bouillon a rallumé et Agnan a crié :

— Mademoiselle ! Clotaire n'est plus au piquet ! Il a repris la chaise de Geoffroy !

— Tu ne peux pas te taire, espèce de cafard, a crié Clotaire ; et la maîtresse l'a mis en retenue pour jeudi et Clotaire s'est mis à pleurer et à dire qu'après tout, le film ne lui plaisait pas, qu'il aimait mieux la télé et qu'il allait faire une grosse tête à Agnan.

— Silence ! a crié le directeur. Éteignez, monsieur Dubon.

Le Bouillon a éteint, et nous sommes restés dans le noir.

— Rallumez, je vous prie, a dit M. Bouffidon, je n'arrive pas à remettre en marche cette espèce de… cette machine.

Le Bouillon a rallumé et Alceste s'est plaint qu'il y avait des tas d'entractes, mais qu'on ne vendait pas de glaces, comme dans les vrais cinémas. Heureusement qu'il avait deux petits pains au chocolat et un croissant pour tenir le coup.

— Éteignez, je crois que ça va aller, a dit M. Bouffidon, et le Bouillon a éteint.

On a vu encore un coup le bateau, et M. Bouffidon nous a dit :

— Je me suis donc embarqué à Marseille sur un paquebot à destination de l'Italie, de la Grèce et de la Turquie…

Ce qu'il y avait de rigolo, c'était que le bateau, on le voyait pas sur l'écran, mais sur le mur à côté.

— Remboursez ! a crié un grand avec une grosse voix.

— Lumière ! a crié le directeur.

Le Bouillon a rallumé. M. Bouffidon a arrêté l'appareil, et il avait l'air pas content du tout.

— C'en est trop ! il a crié. Je me refuse à continuer à travailler dans ces conditions ! Si le film n'intéresse personne, autant le dire tout de suite !

— Vous avez parfaitement raison, monsieur Bouffidon, a dit le directeur. Quel que soit l'intérêt de votre film, l'attitude de ces élèves est inexcusable, et je les préviens qu'à la prochaine incartade, tout le monde sera renvoyé !

Il y a eu un drôle de silence, parce que nous avons vu que ce n'était plus le moment de faire les guignols.

— Bien, a dit le directeur : vous êtes prêt, Bouffidon ? Éteignez. Éteignez, le Bouil… monsieur Dubon !

Le Bouillon a éteint, et nous sommes restés dans l'obscurité, sans rien dire. Ça faisait un peu peur. Et puis, le directeur a dit :

— Eh bien ! Monsieur Bouffidon, vous pouvez commencer.

Et M. Bouffidon a répondu :

— Non, je ne peux pas commencer ! Cette sale machine ne veut pas repartir !

— Rallumez, monsieur Dubon, a dit le directeur.

— Je ne peux pas non plus, a répondu le Bouillon, je crois que ce sont les plombs qui ont sauté.

Et ça a été la fin de la séance de cinéma. Mais, M. Bouffidon, il est chouette, il nous a promis de recommencer vers l'été.

— Quand je vous repasserai ce film, il nous a dit, il fera chaud !

Mémé

Quand maman a dit que sa maman venait passer deux jours avec nous, moi, j'ai été très content, parce que j'aime beaucoup mémé. Elle est gentille mémé, elle me donne des tas de choses et tout ce que je dis la fait rire beaucoup et elle dit que je suis très intelligent et très drôle et que je ressemble beaucoup à ma maman quand elle avait mon âge.

Papa aussi a été content quand il a su que mémé venait :

— Bravo ! il a dit, ah oui, bravo ! Pour une bonne nouvelle, c'est réussi ! Bravo !

Je dois dire que ça m'a un peu étonné que papa soit si content, parce que lui et mémé, ils se disputent un peu quand ils se voient. Mais je crois que c'est comme quand M. Blédurt, notre voisin, taquine papa. C'est pour rire.

Mémé est arrivée le soir. Quand elle a sonné, j'ai couru à la porte avec maman, et mémé est entrée avec sa valise.

— Ma chérie ! a dit mémé en embrassant maman, je suis si contente de te voir ! et puis mémé m'a pris dans ses bras, elle m'a embrassé partout

sur la figure, elle m'a dit que j'étais un grand garçon, un homme et son bébé à elle. Papa s'est approché son journal à la main et mémé lui a tendu une joue que papa a embrassée très vite, plic.

— Bonjour, gendre, a dit mémé.

— Bonjour, belle-mère, a dit papa.

Moi, je sautais autour de mémé et je regardais sa grosse valise, parce que mémé, quand elle vient, elle m'apporte toujours de chouettes cadeaux dans sa valise.

— Qu'est-ce que tu m'as apporté, mémé ? j'ai demandé.

Papa m'a fait les gros yeux.

— Nicolas, il m'a dit, en voilà des manières ! Où as-tu donc été élevé ?

— Laissez-le, a dit mémé, ce pauvre petit n'a pas une vie tellement gaie, il faut bien le gâter un peu.

— Ah ! Ça, a dit papa, c'est bien vrai. Après chacune de vos visites, Nicolas est complètement gâté !

Mémé a ouvert la valise et elle a sorti une grosse boîte.

— Tiens, mon chéri, elle m'a dit, ouvre le paquet, je crois que ça va te plaire.

Ça m'a pris beaucoup de temps pour ouvrir le paquet, à cause des ficelles et des papiers et aussi parce que quand je suis impatient, je tremble et c'est drôlement dur pour défaire les nœuds, et, dans la boîte, vous ne devinerez jamais ce qu'il y avait dedans : un avion ! Un avion terrible ! Avec tout plein de moteurs sur les ailes et des hélices qui tournent.

— Qu'est-ce qu'on dit ? a demandé maman.

— Il est drôlement gros, j'ai répondu, c'est le plus gros que j'ai jamais eu !

Mémé s'est mise à rire et elle a dit que j'étais très drôle et elle m'a embrassé.

Moi, j'ai commencé à jouer avec l'avion. Je faisais « rrrrr » et puis je courais dans le salon en lui faisant faire des tas d'acrobaties, à l'avion. Papa s'est assis de nouveau dans son fauteuil pour lire le journal, et il m'a dit :

— Nicolas, range ce jouet ! Tu as des devoirs à faire pour l'école !

— Bah ! a dit mémé, laissez-le s'amuser un peu, ce n'est pas souvent qu'il a des jouets comme ça, le pauvre petit.

— Et quand le pauvre petit sera grand et que vous en aurez fait un ignorant, qu'est-ce qu'il deviendra ? a demandé papa.

— Il deviendra un gendre, probablement, a répondu mémé.

Maman est entrée dans le salon avec des tasses de thé sur un plateau. Maman, elle n'aime pas que mémé reste longtemps seule avec papa. Je crois que c'est à cause des disputes.

Avec le thé, maman a apporté un gâteau en tranches, ça ressemble à du pain d'épices, mais ça n'a pas du tout le même goût, c'est bon quand même. J'ai demandé à maman si je pouvais en avoir du gâteau et maman a dit non, que ça me couperait l'appétit. J'allais me mettre à jouer avec l'avion, quand mémé a dit :

— Oh ! Laissez-le prendre une ou deux tranches, ça ne peut pas lui faire de mal !

Papa a regardé mémé, il est devenu tout rouge, alors, maman, très vite, elle m'a donné une tranche

de gâteau et elle m'a dit d'aller jouer dans ma chambre.

— Je ne vois pas souvent mon unique petit-fils, a dit mémé, je ne comprends pas pourquoi on l'envoie dans sa chambre dès que j'arrive.

— Mais enfin, maman, a dit maman.

— Laisse-la, a dit papa, tu vois bien qu'elle le fait exprès.

— Tu m'avais promis, a dit maman à papa.

— Oh, ça ne fait rien, a dit mémé, je ne suis qu'une pauvre vieille femme que personne n'aime, j'ai compris, je vais rentrer chez moi, et vous ne me verrez plus !

Maman et mémé se sont mises à pleurer, papa est monté dans sa chambre et moi, j'ai repris un morceau de gâteau.

Mémé et maman ont cessé de pleurer très vite.

— Je vais aller voir où en est le rôti, a dit maman et elle est partie à la cuisine.

Moi, je suis resté seul avec mémé, et elle m'a pris sur les genoux, et elle m'a fait poser l'avion sur la table, parce que je lui avais mis une hélice dans l'oreille et elle m'a demandé si je travaillais bien à l'école, si j'étais bien sage, ce que j'aimerais faire quand je serai plus grand, et si je voulais goûter les bonbons qu'elle avait dans son sac. Je lui ai répondu que je travaillais pas mal, que j'étais assez sage, que je voulais devenir aviateur et que si elle avait des bonbons, moi, j'en voulais bien.

Il y avait des tas de bonbons dans le sac de mémé, des en chocolat et des en caramel. Elle est vraiment très chouette, mémé. J'aime bien papa et maman, mais ils ne me donnent jamais autant de bonbons. C'est dommage que mémé ne vienne pas plus souvent à la maison.

Comme c'était l'heure du dîner, papa est redescendu dans le salon. Moi, j'avais fini les bonbons, et, c'est drôle, je n'avais plus tellement envie de jouer avec l'avion. J'avais la bouche toute sucrée et un petit peu mal au ventre.

— Le dîner est servi, a dit maman.

Nous nous sommes mis à table dans la salle à manger. Maman avait préparé un repas terrible avec des tas de hors-d'œuvre et de la mayonnaise, que j'aime beaucoup. Mais là, je ne sais pas pourquoi, je n'avais pas faim et je faisais des dessins dans mon assiette avec la mayonnaise et la fourchette.

— Allons, mange un petit peu pour faire plaisir à mémé, a dit mémé.

— Il ne faut pas le forcer, a dit papa, tous les docteurs disent…

— Les docteurs ! Les docteurs ! a crié mémé. Qu'est-ce qu'ils savent les docteurs ? Moi, j'ai élevé trois enfants et je n'ai jamais eu d'ennuis avec eux !

— Vous n'aviez peut-être pas de belle-mère, a répondu papa.

— J'apporte le rôti, a dit maman ; Nicolas, dépêche-toi, on t'attend !

— Et mâche bien, a ajouté mémé.

Quand le dîner s'est terminé, maman m'a envoyé me coucher tout de suite, et j'ai été très malade. Très, très malade. Comme après le repas de communion de mon cousin Bertin, quand mon oncle Silvère a dit qu'on me laisse goûter au foie gras, que ça ne pouvait pas me faire de mal et ça a pu. Papa a dû se lever la nuit pour appeler le docteur, qui est venu et qui a dit que ce n'était rien, une indigestion et qu'on devrait me mettre à la diète pendant quelques jours.

Là où j'ai l'impression que papa n'était pas trop content, c'est quand mémé a dit qu'elle allait rester quelques jours de plus avec nous pour surveiller ma diète.

— Je me méfie de votre façon de nourrir ce pauvre petit, a dit mémé.

DES MÊMES AUTEURS

Aux Éditions IMAV

HISTOIRES INÉDITES DU PETIT NICOLAS, 2004, repris dans LES BÊTISES DU PETIT NICOLAS (Folio n° 5058), LE PETIT NICOLAS VOYAGE (Folio n° 5116), LE PETIT NICOLAS ET SES VOISINS (Folio n° 5228), LA RENTRÉE DU PETIT NICOLAS (Folio n° 5282), LES SURPRISES DU PETIT NICOLAS (Folio n° 5396)

HISTOIRES INÉDITES DU PETIT NICOLAS – volume 2, 2006, repris dans LE PETIT NICOLAS S'AMUSE (Folio n° 5450), LES BAGARRES DU PETIT NICOLAS (Folio n° 5585), LE PETIT NICOLAS, C'EST NOËL ! (Folio n° 5649)

LE PETIT NICOLAS – LE BALLON ET AUTRES HISTOIRES INÉDITES, 2009

LES PREMIÈRES HISTOIRES DU PETIT NICOLAS, 2012, incluant LE PETIT NICOLAS (Folio n° 423), LES RÉCRÉS DU PETIT NICOLAS (Folio n° 2665), LES VACANCES DU PETIT NICOLAS (Folio n° 2664), LE PETIT NICOLAS ET LES COPAINS (Folio n° 2663), LE PETIT NICOLAS A DES ENNUIS (Folio n° 2666)

PULLUS NICOLELLUS LATINA LINGUA (LE PETIT NICOLAS en latin), 2012

Collection Le Petit Nicolas, l'intégrale en 14 volumes :

LE PETIT NICOLAS, 2013

LES VACANCES DU PETIT NICOLAS, 2013

LA RENTRÉE DU PETIT NICOLAS, 2013

LES RÉCRÉS DU PETIT NICOLAS, 2013

Collection Le Petit Nicolas en langues de France :

LE PETIT NICOLAS EN CORSE, 2013

LE PETIT NICOLAS EN YIDDISH – langue de France, 2013

LE PETIT NICOLAS EN ARABE MAGHRÉBIN – langue de France, 2013

SEMPÉ

Aux Éditions Denoël

RIEN N'EST SIMPLE, 1962 (Folio n° 873)
TOUT SE COMPLIQUE, 1963 (Folio n° 867)
SAUVE QUI PEUT, 1964 (Folio n° 81)
MONSIEUR LAMBERT, 1965 (Folio n° 2200)
LA GRANDE PANIQUE, 1966 (Folio n° 82)
SAINT-TROPEZ, 1968 (Folio n° 706)
INFORMATION-CONSOMMATION, 1968
MARCELLIN CAILLOU, 1969 (Folio n° 3592)
DES HAUTS ET DES BAS, 1970 (Folio n° 1971)
FACE À FACE, 1972 (Folio n° 2055)
LA GRANDE PANIQUE, 1972
BONJOUR, BONSOIR, 1974
L'ASCENSION SOCIALE DE MONSIEUR LAMBERT, 1975
SIMPLE QUESTION D'ÉQUILIBRE, 1977, 1992 (Folio n° 3123)
UN LÉGER DÉCALAGE, 1977 (Folio n° 1993)
LES MUSICIENS, 1979, 1996 (Folio n° 3306)
COMME PAR HASARD, 1981 (Folio n° 2088)
DE BON MATIN, 1983 (Folio n° 2135)
VAGUEMENT COMPÉTITIF, 1985 (Folio n° 2275)
LUXE, CALME ET VOLUPTÉ, 1987 (Folio n° 2535)
PAR AVION, 1989 (Folio n° 2370)
VACANCES, 1990
ÂMES SŒURS, 1991 (Folio n° 2735)
INSONDABLES MYSTÈRES, 1993 (Folio n° 2850)
RAOUL TABURIN, 1995 (Folio n° 3305)
GRANDS RÊVES, 1997
BEAU TEMPS, 1999
LE MONDE DE SEMPÉ, tome 1, 2002
MULTIPLES INTENTIONS, 2003 (Folio n° 5115)
LE MONDE DE SEMPÉ, tome 2, 2004
SENTIMENTS DISTINGUÉS, 2007

SEMPÉ À NEW YORK, 2009

ENFANCES, entretien avec Marc Lecarpentier, 2011

Aux Éditions Gallimard

CATHERINE CERTITUDE, texte de Patrick Modiano, 1988 (Folio n° 4298)

L'HISTOIRE DE MONSIEUR SOMMER, texte de Patrick Süskind, 1991 (Folio n° 4297)

UN PEU DE PARIS, 2001

UN PEU DE LA FRANCE, 2005

CORRESPONDANCE, 2011

RENÉ GOSCINNY

Aux Éditions IMAV

IZNOGOUD, 25 HISTOIRES DE 1962 À 1978 (avec Tabary), 2012

RENÉ GOSCINNY – MILLE ET UN VISAGES, présenté par José-Louis Bocquet, Collectif, 2012

DU PANTHÉON À BUENOS AIRES, chroniques illustrées, 2007

TOUS LES VISITEURS À TERRE !, roman illustré, 2010

D'après l'œuvre de Goscinny et Tabary :

IZNOGOUD PRÉSIDENT – LES NOUVELLES AVENTURES D'IZNOGOUD, Nicolas Canteloup, Laurent Vassilian, Nicolas Tabary, 2012

Aux Éditions Hachette

ASTÉRIX, 25 volumes (avec Uderzo)

Aux Éditions Albert René

COMMENT OBÉLIX EST TOMBÉ DANS LA MARMITE DU DRUIDE QUAND IL ÉTAIT PETIT (avec Uderzo)

ASTÉRIX ET LA RENTRÉE GAULOISE (avec Uderzo)

OUMPAH-PAH, 3 volumes (avec Uderzo)

JEHAN PISTOLET, 4 volumes (avec Uderzo)

ASTÉRIX, 9 albums, Uderzo sous la double signature Goscinny et Uderzo

D'après les dessins animés de Goscinny et Uderzo :

ASTÉRIX ET LA SURPRISE DE CÉSAR

LE COUP DU MENHIR

ASTÉRIX ET LES INDIENS

ASTÉRIX ET LES VIKINGS

ASTÉRIX AUX JEUX OLYMPIQUES

Aux Éditions Lefrancq

LUC JUNIOR, 2 volumes (avec Uderzo)

BENJAMIN ET BENJAMINE, LES NAUFRAGÉS DE L'AIR (idem)

Aux Éditions Dupuis

LUCKY LUKE, 22 volumes (avec Morris)

JERRY SPRING, LA PISTE DU GRAND NORD (avec Jijé)

Aux Éditions Lucky Comics

LUCKY LUKE, 19 volumes (avec Morris)

Aux Éditions Dargaud

LES DINGODOSSIERS, 3 volumes (avec Gotlib)

IZNOGOUD, 8 volumes (avec Tabary)

LES DIVAGATIONS DE MONSIEUR SAIT-TOUT (avec Martial)

Aux Éditions du Lombard

MODESTE ET POMPON, 3 volumes (avec Franquin)
CHICK BILL, LA BONNE MINE DE DOG BILL (avec Tibet)
SPAGHETTI, 11 volumes (avec Attanasio)
STRAPONTIN, 6 volumes (avec Berck)

Aux Éditions Denoël

LA POTACHOLOGIE, 2 volumes (avec Cabu)
LES INTERLUDES

Aux Éditions Tabary

VALENTIN ET LES AUTRES (avec Tabary)

Aux Éditions Vents d'Ouest

LES ARCHIVES GOSCINNY, 4 volumes

Aux Éditions Kunen Publishers

PLAYTIME STORIES (avec Fred Ottenheimer)
THE MONKEY IN THE ZOO (idem)
WATER PISTOL PETE AND FLYING ARROW (idem)
THE LITTLE RED CAR (avec Elliott Liebow et Harvey Kurtzman)
ROUND THE WORLD (idem)
THE JOLLY JUNGLE (idem)

Aux Éditions du Livre Français

LA FILLE AUX YEUX D'OR, texte de Balzac, dessins de Goscinny

Composition Nord compo
Impression Clerc
à Saint-Amand-Montrond, le 20 septembre 2013
Dépôt légal : septembre 2013
Numéro d'impression : 13813

ISBN : 978-2-07-045354-2./ Imprimé en France

252954